Françoise Sagan

Des yeux de soie

孤独的池塘

〔法〕弗朗索瓦丝·萨冈 著 陈剑译

人民文学出版社
PEOPLE'S LITERATURE PUBLISHING HOUSE

著作权合同登记号　图字 01-2018-1560

Françoise Sagan
Des yeux de soie
© Editions Stock，2009.
The first edition of this work was published in 1975 by Editions Flammarion.

图书在版编目(CIP)数据

孤独的池塘 /(法)弗朗索瓦丝·萨冈著;陈剑译.
—北京:人民文学出版社,2018(2022.7 重印)
　ISBN 978 - 7 - 02 - 014496 - 9
　(萨冈作品系列)

　Ⅰ.①孤…　Ⅱ.①弗…　②陈…　Ⅲ.①短篇小说-小说集-法国-现代　Ⅳ.①
I565.45

中国版本图书馆 CIP 数据核字(2018)第 189868 号

责任编辑　黄凌霞
特约策划　何炜宏　郁梦非
装帧设计　汪佳诗

出版发行　人民文学出版社
社　　址　北京市朝内大街 166 号
邮　　编　100705

印　　刷　山东临沂新华印刷物流集团有限责任公司
经　　销　全国新华书店等

字　　数　82 千字
开　　本　850 毫米×1168 毫米　1/32
印　　张　6
版　　次　2011 年 11 月北京第 1 版
印　　次　2022 年 7 月第 3 次印刷

书　　号　978-7-02-014496-9
定　　价　69.00 元

如有印装质量问题,请与本社图书销售中心调换。电话:010 - 65233595

目 录

丝绸般的眼睛

　　杰罗姆·贝尔蒂埃把车开得飞快，他美丽的妻子莫妮卡不得不想尽办法分散自己的注意力，才能不那么提心吊胆。这个周末，他们要去狩猎羚羊，是这事儿令杰罗姆雀跃不已。他热爱狩猎、娇妻、乡野，乃至将要去接的朋友们：斯坦尼斯拉·博安和他的女伴（自从离婚以来，他基本上每半个月换一个女伴）。

　　"希望他们准时，"杰罗姆说，"你觉得这次他会带个什么样的姑娘来？"

　　莫妮卡疲倦地笑笑。

　　"你问我，我怎么会知道？希望这次是个运动型，跟你们打猎可不轻松，对吧？"

　　他大力点头。

　　"相当辛苦。我不明白，斯坦尼斯拉为什么还这么注重打扮，他这个年纪，总之，我们这个年纪……这会儿，要是他还没准备好，我们就要错过飞机了。"

"你从不错过任何事。"她说着，笑了起来。

杰罗姆·贝尔蒂埃瞥了妻子一眼，再一次弄不懂她的言下之意。他是一个性感、忠贞、沉静的男人。他完全明白自己的吸引力，但自从三十岁那年他们结婚以来，他就向这个女人——他唯一爱过的女人——承诺了一份最惬意、最安心的生活。可是，有时候，他也会问自己，在这份平静背后，在美丽的妻子静谧幽深的眼睛背后，到底是什么。

"你想说什么？"他问。

"我是说，你从来不错过任何事：你的生意，你的生活，你的飞机。所以我想，你也不会错过那只羚羊。"

"但愿如此，"他接上话头，"我可不想从猎场上空手而归，不过，羚羊是最难追捕的动物。"

他们在拉斯帕丽大街上的一所房子前停下来，杰罗姆连按了三次喇叭后，一扇窗开了，一个男人出现在窗前，做出夸张的欢迎手势。杰罗姆探出头大喊：

"下来，老兄。我们要误飞机了。"

窗户关上了，两分钟后，斯坦尼斯拉·博安和女伴走出门廊。

不同于杰罗姆的坚定、沉稳和果决，斯坦尼斯拉·博安身材颀长，肢体柔韧，脚步轻飘。而那个金发姑娘年轻漂亮又单纯，一看就是典型的周末女郎。他们一骨碌地钻进汽车后座，斯坦尼斯拉开始介绍：

"莫妮卡，亲爱的，我向你们介绍贝蒂。贝蒂，这是莫妮卡和她的先生，著名建筑师贝尔蒂埃。从现在开始，你得听他指挥。这里是他掌舵。"

大家客气地笑了笑，莫妮卡友好地与这个贝蒂握了握手。汽车向鲁瓦西机场的方向开去。斯坦尼斯拉把身体前倾，用有点尖厉的声音问：

"出去玩高兴吗，你们两个？"

不等回答，他又转向女伴，对她微微一笑。他是那种迷死人不偿命的类型，有一点浪，有一点花，有一点坏。贝蒂显然为之倾倒，一味冲他笑。

"知道吗，"他扯着嗓门说，"我跟这个男人认识了二十年。我们在一起上学。杰罗姆总是拿一等奖学金，我们课间打架的时候，他的拳头又最厉害，而且通常是为了保护我，因为我从那时起就招人恨。"

然后，他开始说莫妮卡：

"我认识她十三年了。亲爱的，你看看，这是多么幸福的一对。"

在前排，杰罗姆和莫妮卡似乎都没有在听。只是，不约而同地，有淡淡的微笑浮上他们的嘴角。

"我离婚那会儿，"斯坦尼斯拉继续说，"特别伤心，全靠他们安慰我。"

此时，汽车正飞快地行驶在北方高速公路上，年轻的贝蒂不得不喊着发问：

"为什么伤心？是你的妻子不再爱你了？"

"不是！"斯坦尼斯拉回喊道，"是我不再爱她了。相信我，作为一个绅士，这可是骇人听闻的事。"

他把身子向后一仰，大笑起来。

然后，是鲁瓦西机场，地狱般的鲁瓦西。他们无比钦佩地看着杰罗姆高效率地换登机牌，登记行李，处理一切。三个人这么看着他，两位女士理所当然地享受着被男人照顾的感觉，而斯坦尼斯拉则因无所事事而略失面子。然后，是通道、传送带，人们在玻璃镜面下鱼贯而入，成双成对地，像被冻住一样纹丝不动，这个时代的中产阶级千篇一律的面孔。然后，在飞机上了。他们坐头等舱，一前一后。莫妮卡一直望着舷窗外的浮云，手中的杂志一页也没有翻看。杰罗姆起身离开，斯坦尼斯拉却突然凑近她，似乎要伸手指给她看窗外的什么东西，声音却在说：

"我想要你，你知道，想想办法，我不知道什么时间可以，但这个周末，我想要你。"

她眨了眨眼睛，没有回答。

"告诉我你也想。"他继续说，始终微笑着。

她转过脸，认真地看着他。可还没等她开口说些什么，飞机广播开始播音了："我们将在慕尼黑降落，请回到您的座位，系好安全带，停止吸烟，谢谢合作。"他们对视了片刻，像是敌人，又像是恋人，他只好无奈地笑笑，回到自己的座位上。杰罗姆回来了，在她身旁坐下。

大雨倾盆。他们租了一辆车，前往猎场木屋。当然，开车的是杰罗姆。上车前，莫妮卡做了个很贴心的举动，问那个叫贝蒂的女孩怕不怕晕车。贝蒂为此受宠若惊，连忙点头，于是就坐到了前排，杰罗姆的旁边。

一路上，杰罗姆的心情特别愉快。路面上铺满了落叶，下着雨，而且起雾了，他不得不集中注意力开车。变幻的车灯，挡风玻璃的刮水器和马达的噪声，在他与其他人之间，竖起了一堵无形的墙。但他并不介意。像往常那样，他感觉到责任，他像一个领航员一样，要带领这艘小小太空船的成员们驶向猎场木屋。他的车行驶着，加速、减速，载着四个生命，其中的他，一如既往地确保着所有人的安全。弯道非常难开，并且夜幕已经深沉。公路沿着峭壁延伸，被落叶松、冷杉和湍流包围。杰罗姆深吸一口窗外的空气，空气中，是属于秋天的所有气息。也许是因为这些弯道，斯坦尼斯拉和莫妮卡都没有再说话。杰罗姆突然转过头对他们说：

"你们没睡着吗？贝蒂都在打鼾了。"

斯坦尼斯拉笑了笑：

"不，我们没睡；我们在看，我们在看夜色。"

"想不想来点音乐？"

他打开收音机，顿时，卡巴耶极具穿透力的声音充盈了整辆车，她在唱的是《托斯卡》。突如其来地，杰罗姆感到一阵热泪涌上眼眶，他下意识地启动挡风玻璃上的刮水器，才得以确认，并不是秋天的雾气模糊了他的视线。忽然间，他对自己说："我爱这个季节，爱这块土地，爱这条路，爱这辆车，特别是，我爱坐在我身后的这个棕发女人，我的女人。跟我一样，她听到这个女人的歌声，也会感受到同样的快乐。"

杰罗姆很少倾诉。他的话很少，更多的时候，他只是自言自语。人家说，他是一个简单的甚至有些粗粝的男人。但突然地，此时此刻，他涌起一股冲动，想要停下车，走出去，打开后座车门，把他的妻子拥在怀中。而且，不管看起来多么傻，都要跟她说，他爱她。歌声越来越高，乐队随之奏起，仿佛被她的声音所牵引，所汇聚。杰罗姆不由自主地感到一阵迷狂——这个词从来都离他很遥远——他调整后视镜，瞥一眼他的妻子。他想要看看她，就像平常听音乐会时，看到她静若处子、屏息凝神的样子。可是他一不小心，把小小的镜片压得太低，镜子里照出的，是斯坦尼斯拉瘦长的手，按在莫妮卡的手上，掌心相扣。他立刻把镜子抬起，而音乐，仿佛随即变成了一个疯女人支离破碎的鬼哭狼嚎。有那么一刹那，他不再分得清公路、落叶松和前面的拐弯。但是，很快地，作为一个行动派，他及时调整了倾斜的方向盘，稍稍减速，并且在同一时刻默默决定，他要坐在他身后的这个男人，这个金发碧眼、和他的妻子隐匿在夜色当中的男人，一句话，他要这个男人明天就死，而且是由他亲手了结。然而，这个男人注意到了他直勾勾的目光，这张此刻令杰罗姆心生憎恶的童年挚友的脸，很快地凑近他：

"喂，"斯坦尼斯拉说，"你在做梦？"

"没呢，"他答，"在听《托斯卡》。"

"《托斯卡》，"斯坦尼斯拉饶有兴致地接过话头，"唱到哪里了？"

"斯卡皮亚男爵出于嫉妒，决定杀掉卡瓦拉多希。"

"他是对的，"斯坦尼斯拉笑嘻嘻地说，"不然他也没别的选择了。"

说着，他向后一靠，和莫妮卡肩挨着肩。就在此刻，杰罗姆深深地松了一口气。收音机里激昂的合唱声渐渐平息下去，他微笑了起来。

是的，没有别的选择了。

这是一座很大的猎场木屋，由桦树木建成，有横梁、兽皮地毯和壁炉，墙上还挂着猎物被制成标本的美丽头颅。多美妙的地方！他突然觉得一切都是那么滑稽。他叫醒贝蒂，卸下行李，点燃炉火，再让守门人去为他们准备食物。他们愉快地共进晚餐，一边还听着——这是斯坦尼斯拉心血来潮的主意——老唱机里的美国民谣。现在，他们回到了自己的房间，他和莫妮卡的房间。她在浴室更衣，而他坐在床脚，喝着一整瓶威廉明娜。

在他心里，有某种东西凝固了，隐隐作痛，无可挽回。他知道他不可能去问她："这是真的吗？谁？从什么时候开始的？为什么？要怎么结束？"事实上，他已经有很长时间没有跟妻子交流了。他带着她四处去玩，他养着她，跟她做爱，但他不再与她交流。他模模糊糊地觉得，这些问题，尽管那么明确，却只会显得他冒昧、唐突、过时，甚至粗鲁。

他专注地喝着酒，没有缘由，亦没有失望。他喝酒只是为了让自己平静。他是个不需要安眠药，也不需要毒品的男人。他什么都不需要，他只是个"简单的男人"，他这么想着，带着苦涩，还有些自嘲。

莫妮卡回到卧室，她的长发总是那么黑亮，颧骨高高的，眼睛始终那么平静。她自然地把手放在他的头上，这个习惯性的动作，带着征服与权力的意味。而他，也丝毫没有退避。

"你看上去有些累了，"她说，"马上去睡吧。明天打猎，你们很早就要出发。"

仔细想想，其实很有意思。她从不参加狩猎，从不愿跟他们一起出发。她声称枪声令她害怕，声称狂躁的猎犬令她心神不宁，总之，她不喜欢打猎。他从未追问过，究竟是为什么莫妮卡不愿意跟他们去。而事实上，她既不畏惧疲劳，也不畏惧远行，她从来都无所畏惧。

"很有意思，"他的声音忽然黏稠起来，"很有意思，你从来不去狩猎。"

她笑了。

"十年之后，你开始吃惊？"

"总不算迟吧。"他笨拙地说。让他自己吃惊的是，他居然突然脸红了。

"迟了呀，"她伸展四肢，打着哈欠说，"迟了，已经太迟了。你知道吗，我很喜欢野生动物，我觉得它们比我们，更高贵。"

"更高贵？"他问。

她笑笑，熄灭她那边的床头灯。

"哎！"她说，"当我没说。你怎么还不睡啊？"

他听话了，脱掉羊毛衫和鞋子，直挺挺往床上一倒。

"懒虫！"她说着，越过他的身子，伸手关了他那边的床头灯。

他听着，倾听着静默。她的呼吸平稳，要睡着了。

"你没注意到吗？"他开了口，他听到自己的声音就像小孩子一样迟疑和不安，"你没注意到她唱得很棒吗？我是说卡巴耶，她的《托斯卡》。"

"有啊，"她说，"相当精彩。怎么了？"

一阵短暂的沉默后，她笑了，她总是这样笑，低沉、轻柔、自然。

"歌剧令你浪漫起来，或者是因为秋天，或者，两者皆有。"

他俯下身，摸索着留在地上的那瓶威廉明娜。酒精既冰凉，又灼热，没有气味。"我可以转向她，"他想着，"把她抱在怀里，为所欲为。"潜藏在身体内的那个孩子气的、脆弱而需要抚慰的他，向她伸出了手。他触到她的肩，而她，熟稔地扭过头，用唇在他的手上吻了一口。

"睡吧，"她说，"很晚了。我累极了。你再不睡，明天也会没力气的。睡吧，杰罗姆。"

于是，他收回他的手，翻过身去。体内那个慌乱的孩子消失了，他又重新变成一个四十岁的男人，在黑暗中，灌饱了冰凉的威廉明娜，正小心翼翼、仔仔细细地思量，要怎样瞄准，怎样扣动扳机，怎样在火药和枪声中，消灭一个生命，一个危险的、金发的、名叫斯坦尼斯拉的陌生人。

早上十点钟。天气晴朗，晴朗得可怕。他们已经在树林中穿行了三个小时。猎场看守人为他们定位到一只非常漂亮的比利牛斯岩羚羊，杰罗姆已经

两次在望远镜中看见过它，但今天，他的猎物不是
它。他的猎物有着金色的头发和黄褐色的皮衣，他
的猎物异乎寻常地难以猎杀。他已经两次失去机会。
第一次，对方从矮树丛后面一跃而起，以为自己发
现了羚羊。第二次，贝蒂那一头金发的脑袋挡在了
黑得锃亮的枪口和他的猎物之间。而现在，此时此
地，他的猎物就在眼前。斯坦尼斯拉·博安站在那
里，就在林中的一片空地中央。他把猎枪夹在双脚
间，单腿撑地，望着蓝色的天空和秋天的树木，感
受到无可名状的幸福。杰罗姆的手指已经压在了扳
机上。他眼前的这个身影即将陨灭，他那头稀松脆
弱的金发再也不会枕在莫妮卡的手中，这副青春不
再的肉身将要经受五十多枚猎用子弹的轰击。突然
地，斯坦尼斯拉以一种出人意料的姿势，寂寞的姿
势，向天空伸出双臂；他伸展四肢，任由猎枪滑落
在地，看上去是那么幸福、忘我。

　　杰罗姆怒火中烧，射了一枪。斯坦尼斯拉惊跳起
来，环顾周围，似乎更多是诧异，而非恐惧。杰罗
姆放下手，实实在在地确认它并没有发抖，但却气
愤地发现，他忘了更换瞄准器。他在两百米外射击，

用的却是打鸟的瞄准器，也就是说，射程只有五十米。他调整射程，重新瞄准。猎场看守人的声音却突然打乱了他，令他吓了一跳。

"您看到什么了吗，贝尔蒂埃先生？"

"我想我看到了一只山鹬。"杰罗姆转过身，回答道。

"不该开枪。"猎场看守人说，"如果您想要羚羊，就不能发出声响。我知道它往哪里去了，我还知道我们可以在哪里把它捕获，现在不应该惊吓它。"

"请您原谅，"杰罗姆怔怔地说，"我再也不胡乱开枪了。"

然后他扛起枪，跟在老猎手的后面。

很奇怪的，他心里既气愤，又觉得有趣。他确凿无疑地知道，在今天日落之前，他一定会杀了斯坦尼斯拉，不过，竟然要尝试那么多次却没有得手，又让他不由感到可笑。

两个小时之后，他迷路了。而且，他们都迷了路，羚羊太机灵，猎场太大，而猎场引导员又太少了。不断地追踪着既定猎物之外的猎物，他最后却还是误打误撞地独自遇上了前者，当然，它和他距离很远，非常远。它立在悬崖上，逆着光，纹丝不动。杰罗姆本能地摸出他的望远镜。他在此刻感到惶恐，他很疲倦，气喘吁吁，他老了，他已经四十岁，他爱的女人不再爱他。这个念头令他眼前骤然一黑。他重新调整了望远镜，近距离地观察羚羊，近得仿佛可以触摸到它一样。它有着米色和黄色相间的皮毛，神情不安却倨傲，它时而望向山谷下的敌人，时而望向高山，它似乎以这样的生死决战为乐。它的身上，交织着惶惑、脆弱和无懈可击的坚强。它的存在，似乎是为了证明纯真、灵敏和逃亡的魅力。它很美。它比杰罗姆曾经狩猎过的任何猎物都要美。

"晚一点，"杰罗姆自言自语道，"晚一点我会杀了那家伙（他甚至已经想不起他的名字）。但是你，你，我亲爱的朋友，我要你。"

于是，他开始攀爬峭壁上的小径，向它靠近。

山谷里，猎队走散了。可以听到犬吠声时而在左，时而在右，此起彼伏的哨声也渐渐远去，杰罗姆感觉自己仿佛离开了那个令人厌倦的肮脏世界，返璞归真。

　　尽管有阳光，但天还是很冷。当他再举起望远镜的时候，羚羊还在那里。它似乎看到了他，然后，它迈着小步，隐没在树林中。杰罗姆在半个小时后到达了树林。他沿着它的踪迹直到一条峡谷，在那里，羚羊再次在等着他。偌大的猎场中只有他和它。杰罗姆的心脏剧烈地跳动着，几乎要呕吐出来。他席地坐了坐，又再度起身。接着，他又停下来吃点东西，随身的挎包里有面包和火腿。而羚羊在等待他，至少，他是这样认为的。已经到了下午四点，他已经超出了猎场的边界，也超出了体力的边界，但羚羊一直在他的前面，温柔而不可捉摸，透过他的望远镜，他始终可以感受到它的美，无法抗拒，可望而不可即，但一直在那里。

　　此时的杰罗姆已经非常疲惫，八个小时下来，他已经不再分得清他是在追捕，还是在跟随这只奇特的猎物。他开始大声自言自语。他为这只羚羊赐名"莫妮卡"，一边徒步，一边跌倒，一边用最粗鲁的话咒骂，他时常说："看在上帝的分上，莫妮卡，别走得那么快！"这时，他在一片水潭前踟蹰了，然后，他平静地走向它，把猎枪高高举过头顶，举过一人高度的水面。他知道，在这样的时候，作为一个猎人，他这样做是危险而愚蠢的。当他感到脚下一滑的时候，他没有挣扎。他向后仰去，听任潭水漫过他的脖颈、他的嘴巴、他的鼻子，他几乎窒息。一种美妙的欢愉盈满全身，一种令他陌生的、无拘无束的喜悦。"我这是在自杀。"他想起来。身体内那个沉静的男人又出现了，他重新恢复了平衡，慌乱而颤抖着让自己爬出了这个倒霉的水潭。这让他想起了某个东西，但那是什么呢？他开始大声说起来：

"好像是在听卡巴耶的时候，我就觉得我要死了，我几乎死了。就像那一次，你记得吗？我第一次对你说我爱你。我们在你家里，你走到我的跟前，你记得吗？那时我们第一次做爱。我是那么害怕和你同床共枕，却又是那么渴望，当时我觉得自己就要死了。"

他从随身挎包里摸出酒壶。挎包里塞满了子弹，全都浸了水，报废了。他对着瓶口喝了很长时间，然后再次拿起望远镜。在稍远一些的地方，羚羊——莫妮卡——情人（他已经不知道他的名字）仍然在那里等待他。感谢上帝，他还剩下两枚干燥的子弹，在他的枪管里。

接近五点，太阳已经西斜，这是巴伐利亚的秋日。当杰罗姆踏入最后的斜谷时，牙齿已经冷得咯咯作响。他累得倒下了，躺在夕阳下。莫妮卡来到他的身旁坐下，他又开始了他的独白：

"你记得吗？每一次，每次我们一吵架，你就要离开我。我记得，大约是我们结婚前十天吧，那时在你父母家，我躺在草坪上，天气很糟，我很伤心。我闭上了眼睛。现在，我记得非常清楚，那时我忽然感觉到阳光的温度落在我的眼皮上，那天实在是如有神助，因为之前的天气一直都非常恶劣。而当我因为阳光而睁开眼睛的时候，我看到你就坐在那里，跪在我的身旁，你看着我，微笑着。"

"呵，是的，"她说，"我记得很清楚。那次你很可恶，我真的生气了。事后，我去找你。当我看见你的时候，你正躺在草地上赌气，那情景实在让我想笑，有种拥抱你的冲动。"

说到这，她忽然消失了，杰罗姆揉揉眼睛，站起身来。斜谷尽处是异常陡峭的崖壁，几乎是垂直的，而羚羊就一动不动地立在悬崖前。杰罗姆得到了他的猎物。这是他应得的。他这辈子从来没有花上十个小时追逐过哪个猎物。他在斜谷口停下来，筋疲力尽，重新端起猎枪。他稍稍抬起右手，等待着。羚羊注视着他，仅仅离他二十米之遥。它始终是那么美丽，毛皮有一点汗湿，眼睛是蓝黄色的，那是丝绸般的眼睛，在此刻的阳光下，一切都静止了。

杰罗姆瞄准了目标，而羚羊却突然做了个愚蠢的举动：它转过身，几乎是第十次尝试着跃上狭谷，但也第十次打滑，猝然失去了平衡。尽管仍然优雅，却已经动弹不得，颤抖着，无可挽回地，置身在杰罗姆的枪口之下。

杰罗姆也不知道，自己是为了什么，是在什么时刻，是在怎样的情况下，决定不杀死这只羚羊。也许是因为它绝望而笨拙的努力，也许是因为它单纯的美丽，也许是因为那双睥睨他的眼睛中，那份孤傲和平静。不过，杰罗姆从未追究为什么。

他转身踏上来时那条陌生的小路，去赴狩猎者的约定。当他到达的时候，他发现所有的人都失魂落魄，他们四处寻找他，包括那个年轻的猎场看守人。

他知道，他感觉到了。然而，当他们一齐询问他羚羊在哪里，他是在哪里放了它——因为当他回到驻地，颓然倒在门前的时候，他整个人已经疲惫得失去了意识——他无法回答。

斯坦尼斯拉给他送上白兰地，而他的妻子坐在床边，在他身旁，握着他的手。她脸色惨白。他问她这是怎么了，她回答说一直在为他担心。令他自己都吃惊的是，他一下子就相信了她的话。

"你担心我会死，"他问，"担心我跌下悬崖？"

她没有回答，只是点头。忽然，她俯下身子，把头靠在他的肩膀上。生平第一次，她在外人面前扑向他。斯塔尼斯拉正拿着另一杯白兰地走来，看到这一幕，如遭雷击：这个女人的黑发枕在这个奄奄一息的男人肩上，她轻声呜咽，这是如释重负的哭泣。突然，斯坦尼斯拉将白兰地扔进壁炉。

"告诉我，"他的声音变得尖锐，"羚羊呢？你甚至没办法背回你的猎物，你！我们的铁人？"

然而，令他震惊不已的是，在熊熊的炉火前，在贝蒂愕然的目光下，杰罗姆·贝尔蒂埃用微弱的声音回答他：

"不是这样。我没有勇气射杀它。"

莫妮卡顿时抬起头，两个人互相注视着对方。她缓缓地抬起手，用指尖抚摸他的脸庞。

"你知道，"她说（这个时候，整个世界仿佛只剩下他俩），"你知道，即便你杀了它……"

就这样，其他人似乎都消失了，他重新把她拥入怀中，壁炉中的火愈烧愈旺。

小情郎

　　他走在她身边，走在雨后铺满落叶的林荫道上，时不时伸手扶她，帮她避开小水洼。他微笑着，笑容无邪。她想，对任何一个年轻男人来说，在默东的林间漫步，应该都是一件苦差吧，尤其是跟她这般年纪的女人。她不算老，但已经倦了，之所以百无聊赖地在林间散步，是因为不喜欢去电影院或者太嘈杂的酒吧。

　　也许之前，开车上路的时候，在开得飞快的豪华跑车里，他也享受到了驾驶的快感；但是，这足够让他忍受这接下来的，在萧索秋天的林间小路上无止无休的沉默散步吗？"他一定觉得无聊，无聊得要命。"她这样想着，感到莫名的快意。她转入另一条小径，一条与归途相反的路。她的心里忐忑不安，却又怀着希望。

　　她希望他会沉不住气，会突然地跳起来反抗这种无聊，会大发脾气，撂下伤人的狠话，这样，就终于可以证明，他与她毕竟存在着二十年的代沟。

但他始终微笑着。她从未在他脸上看到烦躁或是不悦的神色。他也不像有些青春逼人的男孩子那样，会流露出带着施舍意味的轻笑。那样的轻笑是在明确地告诉你："既然您觉得开心，就随您吧……但别忘了，我是绝对自由的。所以，别激怒我。"这种年轻男子特有的残忍笑容曾刹那将她凝固，这样无情而伤人的笑容，曾许多次，让她终止一段关系。第一次让她大受打击的，是米歇尔，然后，其他人也一样……

他说着"当心"，伸手拉住她，怕她的丝袜或者裙子——那么合身、优雅的裙子——被荆棘丛刮坏。如果有一天，他也流露出了那样的轻笑，她会不会也把他打发走呢？她觉得自己下不了这样的狠心。倒不是她对他青睐有加：她养着他，给他买衣服，给他买珠宝，只要他不拒绝。他不像其他人那样，那些人愚蠢又赤裸，当他们渴望能够得到某些东西，或者当他们觉得自己没有卖个好身价的时候，他们根深蒂固的坏脾气就发作了——其实就是：他们觉得自己屈就了。他们会大肆购买奢侈品，极尽奢华，即使他们并不想要那些东西。他们这么做，只是为了从中找回受伤的自尊。自尊这个词，让她暗暗发笑。

尼古拉的迷人之处也许就在于，他真的渴望得到那些礼物。他从来不索取，而是在收到礼物的时候，表现得特别开心，他流露出的喜悦，让她觉得自己并不是一个用金钱换取年轻肉体、被别人在暗地里鄙夷的老女人，而只是一个用礼物奖赏自己孩子的普通女人。她连忙驱散这些念头。上帝啊！她可不想扮演这帮贪婪美少年的母亲或者保护人。她不想自欺欺人。她是个清醒的玩家。他们清楚地明白这一点，这让他们自尊心受挫。"你付出你的身体，我付给你钱。"有些男人为此感到恼火，试图把她拉入暧昧不明的关系中，赢取她的心。她则把他们送到别的女恩主身边去，并让他们注意自己的身份："我看不起您，正如我也鄙视自己会跟您在一起。我只需要您晚上两小时。"她把他们视为动物，毫不犹豫，不留情面。

尼古拉，他比较难办些：他对自己的牛郎职业不带任何爱憎的情感，没有埋怨，也没有自怜。他是温雅可爱的情人，也许并不讨巧，但是他热烈、温存……他成天待在她家里，躺在地毯上，漫无目的地阅读。他不会频繁要求外出，而一旦外出，他也似乎从来都不在意别人向他们投来意味深长的目光。他照样殷勤，保持微笑，仿佛走在他身边的，是他自己选择的年轻姑娘。总之，除了她傲慢蛮横的态度，他们之间的关系，与普通情侣没有任何区别。

"您冷吗？"他关切地看着她，仿佛她的健康真的是这个世界上他最在乎的事。她受不了他如此入戏，受不了他表现得与她十多年前对男人的期盼别无二致；她想起来，那时候，她还跟着那个有钱的丈夫，他富有，却丑陋，他只关心他的生意。

她那时是多么愚蠢，不懂得利用尚未流逝的青春美貌红杏出墙。那时的她仿佛沉睡了。直到他的去世，直到她与米歇尔的第一夜，她才被唤醒。一切，都从那个夜晚开始。

"我问您会不会觉得冷。"

"哦，不，不冷，而且我们就要回去了。"

"您要不要披上我的外套？"

他那件漂亮的克雷德外套……她漫不经心地瞥了它一眼，衣服是棕灰色的，尼古拉浓密而柔顺的头发是栗色的，与秋天的色彩融为一体。

"这么多秋色，"她喃喃自语，"您的衣服，这片树林……我的秋天……"

他没有回答。她被自己的话吓了一跳，因为她从不想提及自己的年纪。他很清楚她的年纪，他并不在乎。这片池塘，她本可以跳下去。她想象了片刻：穿着迪奥的连衣裙漂浮在水面上……多傻的念头，年轻人才会这么想。"在我这样的年纪，好死不如赖活。"她要牢牢抓住金钱的快乐，夜晚的欢娱；她要好好享受年轻男人伴随在侧，漫步萧瑟秋林。

"尼古拉，"她用沙哑而迫切的声音说，"尼古拉，吻我。"

一片水洼挡在他们之间。他注视了她一会儿，才跨过去。她飞快地想到："他肯定在恨我。"而他把她拥到怀中，轻柔地托起她的下巴。

"我的年纪，"他亲吻她的时候，她想，"我的年纪，你在这一刻会忘掉我的年纪；你太年轻，还不懂得怎样控制欲火，尼古拉……"

"尼古拉!"

他看着她,微微喘着气,头发蓬乱。

"您弄疼我了。"她说,轻轻一笑。

他们继续往前走,沉默不语。她惊讶于自己加速的心跳。这个吻——这个吻是不是告诉了尼古拉什么?——这个吻,宛如告别之吻,而他爱她,狂热而忧伤地爱着她!他像空气一样自由,属于所有女人、所有奢侈品。他知道了什么?这张骤然苍白的面容……他是危险的,非常危险……他们在一起已经超过六个月了,再继续下去,一定是危险的。而且,她累了,她厌倦了巴黎,厌倦了喧闹。明天她就要前往南部。她要独自前往。

他们走到汽车旁。她转过身对着他,不由怜惜地扶住了他的手臂:"不管怎么说,这个男孩要失去饭碗了。即便只是暂时失业,但也实在不是件开心的事。"

"我明天出发去南部,尼古拉。我累了。"

"您带我一起去?"

"不,尼古拉,我不会带您去。"

她为此遗憾。带尼古拉去看海,是件有趣的事。

他也许早就见过大海，但他的脸上，总是有好奇和惊喜的神情。

"您……您厌倦我了？"

他轻声说道，垂下眼帘。他的声音因为迫切而变了声调。这令她感动。她可以预见到他今后的人生：声名狼藉的争夺、妥协与厌倦。这一切都因为他太美艳，太柔弱，而他正是某种身份某个阶层的某些女人——像她这样的女人——最理想的猎物。

"我一点儿也没有厌倦您，我的小尼古拉。您是那么好，那么迷人，但这不会长久，不是吗？我们已经相识超过六个月了。"

"是，"他失神地说，"第一次见到您，是在埃西尼太太家的酒会。"

她忽然想起那场热闹的鸡尾酒会，和她第一次见到尼古拉的场景。当时，可怜兮兮的他正被老女人埃西尼太太紧紧地挨着说话，还冲着他痴痴地笑。尼古拉被冷餐台挡着，无处可逃。这幅场景先是让她觉得好笑，而后，她专注地望着尼古拉，欲望在心里膨胀起来。

这类酒会实际上就是市场，是展销会。成熟女性们在这里仔细地挑选她们想要的年轻男子。她正准备去向酒会女主人打招呼，经过一面镜子的时候，照见里面的自己美艳动人。尼古拉就在这么个愉快的当口出现，于是她情不自禁地露出了微笑，这微笑，令老女人埃西尼太太心生警惕。

她极不情愿地介绍了尼古拉。然后，他们开始客套地谈论周围的人与事。尼古拉似乎对八卦一无所知。一小时之后，她确定自己看上了他，并决定立刻跟他说清楚。她一贯这样。他们坐在窗边的长沙发上，他点燃一支烟，而她，清晰地叫出他的名字：

"尼古拉，我喜欢您。"

他把烟从嘴边移开，一动不动，看着她，没有回答。

"我住在丽池。"她淡淡地补上一句。

她非常清楚最后这句有多么重要。所有牛郎的野心都在丽池。尼古拉的脸上露出一丝抵抗的神色，但一句话也没有说，不知道他到底听懂了没有。她心想"算了吧"，然后站起身来：

"我走了。期待再见。"

尼古拉也站了起来。脸色有一点苍白：

"我可以跟您走吗？"

在汽车里，他用手臂搂着她的肩膀，激动地问了她一大堆关于发动机、加速器的细节问题。到了她的房间，她先吻了他，然后他紧紧地将她拥在怀中，有一点颤抖，混合着粗暴与温柔。黎明时分，他睡得沉沉地，像个孩子。而她起身走到窗前，凝望旺多姆广场的日出。

接下来，是独自坐在地毯上玩牌的尼古拉，是跟在她身边逛街购物的尼古拉，是收到她送的金色香烟盒时难掩兴奋的尼古拉，是在某次晚宴上突然抓起她的手亲吻的尼古拉。而如今，她将要离开这个尼古拉了。而他，什么也没有说，他还没有回过神来……

她上了车，把头向后一仰，忽然觉得非常疲倦。尼古拉坐在她的身旁，发动了引擎。一路上，她偶尔将目光投向他，投向他那专注却又遥远的侧影，情不自禁地想，如果自己还是二十岁，将会怎样疯狂地迷恋上他；整个人生，也许只是一团无法理清的乱麻。在快到意大利门的时候，尼古拉转头问她：

"我们去哪里？"

"开去'乔尼之家'，"她说，"我和埃西尼太太约了七点钟在那里见。"

埃西尼太太一如既往地守时。这是她屈指可数的优点之一。尼古拉神情恍惚地与这位年老的女士握了握手。

她看着他们。脑中闪过一个愉快的念头：

"对了，我明天出发去南部，不能参加十六号你家的鸡尾酒会了，好遗憾。"

埃西尼太太望着她与尼古拉，故作感动地说：

"真是两个幸福的人儿。享受那里的阳光……"

"我不会去。"尼古拉简短地说。

一阵沉默。两个女人的目光同时聚焦在尼古拉的身上。埃西尼太太的尤为刺眼。

"那就应该来参加我的酒会啊。您不想一个人在巴黎待着吧，那多寂寞啊。"

"好主意。"她接上话。

埃西尼太太已经伸出了手，按在尼古拉的衣袖上，一副非我莫属的架势。尼古拉出人意料地作出了反抗。他猝然起身，径直走了出去。她追到停车的地方才赶上他。

"尼古拉，这是干什么？可怜的埃西尼是性急了点，但她的确喜欢您很久了，这不是件坏事。"

尼古拉立在车旁，一言不发，呼吸局促。她不禁怜惜起来：

"上车吧。回家您再与我解释整件事。"

但他没有沉住气。一路上，他絮絮叨叨地对她说，他不是宠物，他自己一个人也可以活得很好，他受不了她随随便便就把他丢给老秃鹫埃西尼。他完全没法接受这个女人，她太老了……

"不，尼古拉，她跟我一般年纪。"

车开到了家门口。尼古拉转身面对着她，突然用手捧住她的脸庞。他近距离地凝视着她，而她徒劳地想要挣脱，她知道，她的妆一定在路上就花了。

"您，您是不同的，"尼古拉用低沉的声音说，"您……我喜欢您。我爱您的面容。您怎么能……"

他的声音因为绝望而变了调。他松开了她。而她，怔在那里。

"怎么能，什么？"

"怎么能把我双手奉送给那个女人？我不是和你

在一起六个月了吗？你就从没想到过我已经离不开你了吗？没想过我会爱上你吗？……"

她骤然转过身去。

"你骗人，"她低声说，"我，我不想被欺骗。我已不能承受欺骗。您走吧。"

她上了楼，注视着镜中的自己。她已经无可挽回地老去了，她已经五十多岁了，她的眼睛里满是泪水。她胡乱地理了理行李，然后独自躺倒在空荡荡的大床上。她哭了许久才沉沉睡去，她说自己真是疯了。

躺着的男人

　　他裹在毯子里，像陷在沙漠中。他挣扎着又翻了一次身，惊恐地闻到自己身上的气味。他曾经那么喜欢这气味，在那些清晨时分，那些女人的身体上，闻到它。在那些不眠之夜后的巴黎清晨，在陌生的身体旁沉沉睡去的时刻，在半梦半醒中起身，匆忙离去的早晨。匆忙，他曾是一个匆忙的人。但如今，在这个春日的下午，他躺在床上，濒临死亡。死亡是一个稀罕的词。对于他而言，这个荒诞的事实似乎并不是按常理那样一步一步地逼近，而是突如其来。比如，在滑雪的时候突然摔断腿。"为什么，我，今天，为什么？"

　　"我肯定会好起来。"他大声说。

　　窗前，逆光而坐的那个人影忽然微微惊动了一下。他把她给忘了，他总是把她忘到九霄云外。他记得当他发现她与让的私情时，他曾有多惊讶。对于那个人来说，她是个活生生的女人，有着美丽的容颜和肉体。他的脸上浮上一丝笑，原本微弱的心跳加快起来。

他快死了。此时此刻，他很清楚，他快死了。他的身体正在被撕扯。然而，她弯下身，扶起他的肩膀。他感觉到自己的肩胛骨，瘦削得滑稽的肩胛骨，在妻子温柔的手中颤抖。滑稽。对，正是这个会要了他的命。滑稽地死去。有没有哪种病可以让人死得漂亮一点？显然没有。人唯一的美感，也许只是在往来世纵身一跃的那一刹。不过，他平静了下来，她俯身把他的头放在枕上，阳光掠过她的脸庞，他看到她的脸。她有一张美丽的脸，二十年前，正是因为这容颜，他娶了她。但她脸上的神情激怒了他。这是一张忧虑的、心不在焉的面庞。她一定是在想着让。

"我是说，我也许会好起来的。"

"当然会。"她说。

很可笑。她是真的不爱他了。她清楚地知道，她将失去他。不过，她很早以前就已经失去了他。"当我们失去一个人，那就意味着永远地失去。"他在哪读过这句话来着？是真的吗？总之，她再也看不

到他走进家门,读报纸,或者说话。不,她不爱他
了。如果她仍然爱他,她一定会对他说:"哦不,亲
爱的,你就要死了。"她会抓住他的手,那张光洁的
脸庞紧绷着,陷入死一般的沉默。这种沉默,只有
当我们面对着所爱的人,面对所爱之人垂死的时刻,
才会这样……

"别激动。"她说。

"我没激动,我只是挪一挪。激动,我已经不
行了。"

他用了开玩笑的口气。"不管怎么说,我要死
了。"他想,"也许我应该好好跟她谈一谈?可是谈
什么?谈我们?我们之间没话可说了。"然而,一想
到自己的机会所剩无几,他又焦虑起来:

"我拖累你了,"他说,"我很抱歉。"

他缓缓地,默默地,抓住了她的手。上一次这样
做,是在两年前,在布洛涅森林:他跟一个傻乎乎
的小姑娘坐在长凳上,当时,为了不要吓到她,他
也做了这样一个静默的动作。其实没有必要,一个
小时后,她就跟着他回家了。但他仍然记得,他的
手,为了触摸到对方发烫的手指,所要跨过的辽远

距离……那些时刻……

"你的手很美。"他说。

她没有回答。他吃力地看着她。他很想叫她打开百叶窗，但又觉得，昏暗的光线可能更适合这最后的一出戏。戏？他怎么会想到这个字眼？这里没有人在演戏。但是，他已经在试图开场了。

"今天星期四，"他叹着气，"我小时候，一直盼望一周真的会有四个星期四①。现在也这么想：那样的话我就能再活三天了。"

"别说蠢话。"她耸耸肩。

"哦，不！"他忽然狂躁起来，挣扎着要起身，"你不能抹去我的死！你很清楚我马上就要死了。"

她看着他，轻轻地笑了。

"你笑什么？"他的声音软下来。

"我想起一句话。你肯定忘记了，是十五年前的事。那天我们在法尔托尼家。当时，我并不知道你欺骗了我，但我还是起了疑心……"

————————

① 1972 年以前，星期四是法国小学生的休息日。如果一周有四个星期四（再加上周日也是一个休息日），那就只有两天要去上学。后来，"一周四个星期四"转化为一句俗语，表示不可能发生的事。

他感到一股久违的满足感,但很快抑制了下去。现在的局面还不够荒诞么!

"然后呢?"

"那天晚上,我终于明白,你是尼古拉·法尔托尼的情人。她的丈夫当时不在家,你把我送回家后,跟我说你还要回办公室去,你说有什么东西还没做完……"

她一字一句,缓缓地说着。而他,他想起了尼古拉。她是个温柔的、有点爱抱怨的金发女人。

"于是,我对你说我想要你回来,我说我希望这样;我不敢告诉你我知道了,你总是说善妒的女人有多愚蠢,而我害怕……"

她的语气越来越柔和,仿佛在自言自语,仿佛只是在柔情地讲述难过的童年往事。他恼火起来。

"那,我当时也跟你说我要死了吗?"

"不,但你用了类似的句式:你对我说……哦不!"她一边说着,一边大笑起来,笑得厉害……

他也笑了,但并不起劲。不管怎么说,这不是笑的时候,尤其轮不到她笑——只有他才有权利这样肆无忌惮地笑。

"然后呢？继续说。"

"然后你对我说：'你不能剥夺我的女人，你知道我想要她。'"

"哦。"他说（他觉得失望，他原本还期待着会听到什么佳句），"这一点都不好笑。"

"不，"她说，"好笑的只是，当你那样跟我说的时候，脸上那确凿的神情……"

她又笑出声来，但收敛了一些，似乎感觉到他生气了。

但此刻，他在倾听自己的心跳。可怜巴巴的心跳声，轻得几乎听不见。"我们之间真的没话可说。"他苦涩地想。他觉得倦了。二十岁就知道的事，却花了一辈子来证实。爱情，正如死亡，不由分说。

"说吧。"他闭上眼睛，这样心情会舒服点。

"什么？"她说。

他看着她。真是奇怪，自己留在她心中的，竟然是那些细枝末节的往事。那个在二十岁时那么温柔无邪的人，已经变得让他认不出了。他已认不出她。马尔特……她变成了怎样的一个人？

"你爱他吗？"他说，"那个让？"

她回答他，但他没有在听。他又一次试着去数天花板上光影的条数。阳光留下的，流转不定的光影。未来的地中海，仍会如此湛蓝吗？有人在院子里唱歌。他这辈子，曾经那么狂热地爱好器乐，以至于最后，他无法再忍受音乐。她，马尔特，会弹钢琴。但做工漂亮的钢琴实在太少，而他对器物的品位又异常苛刻。反正，他们从未买过一台钢琴。

"你还会弹钢琴吗？"他不无悲哀地问她。

"钢琴？"她反问。

她吃了一惊，她自己都已经想不起来了：她已经忘记了她的年轻时代。只有他，只有他一个人，还眷恋着记忆中马尔特的颈背，她背对着他，坐在黑色的钢琴前，年轻的颈背笔直而端然，一头金色的长发。他转过头去。

"为什么和我说起钢琴？"她坚持问。

他没有回答，只是抓紧了她的手。他的心跳令他害怕，他又感觉到了那种熟悉的痛苦。啊！给我一点片刻的安全感吧，达芙妮的肩膀，或者酒的滋味。

但达芙妮此刻正和居伊那个臭小子住在一起，而喝酒只会让他的病情恶化。他怕了，没错，他害怕了……他的意识在消散，肌肉在萎缩。多么可怕。他极度地害怕死亡，以致无法对她挤出一个微笑。

"我害怕。"他对马尔特说。

他重复着这三个字，加重语气。这三个字，生涩、粗粝、诚恳。而他这辈子，曾是那么习惯那些轻快顺口的词语，"亲爱的""我的甜心""你想什么时候""马上""明天"。马尔特这个名字听起来不是那么柔和，他很少把它放在嘴边。

"别担心。"她说。

然后，她向他俯下身，将手放在他的眼睛上。

"一切都会好的。我会在这里，不会离开你。"

"哦，不可能，"他说，"要是你要出门，比如去购物……"

"那也马上就回来。"

她的眼眶浸满泪水。可怜的马尔特，这令她很不好受。而他，却感到些许释怀。

"你不恨我？"他问。

"我还记得好多事呢。"她在他耳边喃喃地说。这声音令他想起起码十个相似的声音，带着喘息，在沙龙的某个角落，或是在海滩上。他的棺木后面应该会跟着一长串的呢喃，温柔又滑稽。在他的扶手椅上，达芙妮，他最后的情人，也许会抱着他的照片凭吊，而年轻的居伊则会勃然大怒。

"没事的，"他说，"我真希望能死在一片麦田或者玉米地中。"

"你说什么？"

"让麦秆在我的头顶随风舞动。你知道，有句话这么说：'起风了，好好活着。'"

"放轻松。"

"人们总是对垂死的人说，放轻松。现在是时候了。"

"是的，"她说，"是时候了。"

她的声音很美，马尔特的声音。他一直把她的手握在自己的手心里。他将握着一个女人的手死去，这多好。至于这个女人是不是属于他，已不重要。

"幸福，"他说，"两个人的幸福，不是那么容易……"

然后他笑出声来，因为到头来，幸福，他已经不在乎了。幸福，或者马尔特，或者达芙妮，都已无关紧要。他只剩下一颗心在跳动，一下，两下，三下。此刻，这是他唯一爱着的东西。

陌生人

她开足马力转了个弯，利索地把车停在屋前。她总是在抵达的时候按喇叭示意。不知道为什么，每一次抵达时，她都会用喇叭提醒她的丈夫大卫，她到了。这一天，她也问自己，她是为何、又是如何建立起这样一个习惯的。不管怎么说，到如今他们已经结婚十年了，在雷丁乡间这座怡人的别墅里也住了有十年，似乎她并无必要在每一次回家时都以这种方式通报丈夫，两个孩子的父亲，她的法定监护人。

"他上哪去了？"她没有听到回应，于是下了车，迈着她打高尔夫球时的大步子向屋子走去，后面跟着老朋友琳达。

琳达·福斯曼是个不太走运的女人，三十二岁时不幸离婚，之后就一直独身——经常有人追，但还是独身——蜜莉森不得不出尽百宝给她解闷，比如，星期天陪她打一整天高尔夫球。琳达这个人不哀不怨，但漫不经心得可怕。她观望那些男人（独身男人，当然），他们也回应她的目光，然后，事情似乎就止于此。在蜜莉森这样一个生气勃勃、长着俏皮雀斑的女人看来，琳达的个性根本就是个谜。有时候，大卫带着他那惯有的玩世不恭的态度，做出这样的评论："她渴望男人，"他说，"她就和其他所有正常女人一样，渴望抓住一个可以让她欲仙欲死的男人。"但事实才不是这样，大卫的话也太露骨了点。在蜜莉森看来，琳达只是在傻傻地等待某个人来爱她，爱她这个人，爱她的漫不经心，懂得宠爱她、照顾她。

其实，仔细想想，大卫说起琳达时总是轻蔑又尖酸，他对他们的大多数朋友，都是这样的态度。她觉得有必要跟他谈谈。他就是不肯看到别人的好，比如，对那个笨头笨脑，但其实心地善良的弗朗克·哈利。没错，那人是迟钝，但是特别宽厚、慷慨，有种骨子里的温良。大卫却总是习惯性地说："那是个好色的家伙，要是少了女人……"每次，他都会自己乐得哈哈大笑，仿佛他的插科打诨比萧伯纳或是奥斯卡·王尔德的原创还要精彩。

她推开门，还未踏入客厅，就愣在了原地。满地都是烟蒂和空酒瓶，两件睡袍胡乱地散落在客厅一角：一件是她的，一件是大卫的。她迅速缓过神来，恨不能立刻转身离开现场，什么都没有看到。她后悔没有事先打个电话，通知他她会提前回来：不是星期一早上，而是星期天的晚上。可惜琳达此刻就站在她的身后，脸色苍白，瞪大了双眼，呼吸急促。她必须赶紧应付一下琳达，再处理眼前这件已经无可挽回地发生在自家屋檐下的事件。等等，她的家……？他们的家……？十年来，她总是说"我们的家"，而大卫则总是说"我们的房子"。十年来，她跟他说起过在家种树，种栀子花，造个暖房，修个小花园，但十年来，大卫始终无动于衷。

"究竟，"琳达尖利的嗓音让蜜莉森冷不丁打了个寒颤，"究竟发生了什么事？大卫趁你不在家的时候开狂欢派对？"

她笑了。她似乎把这件事看得太轻巧了。的确，很可能大卫真的是在前天去了利物浦，然后又神速归来，在这里过了一夜，现在出门去俱乐部吃晚饭了，刚刚离开。只是，这里留下了两件睡袍，两片令人绝望的锦缎，两面仿佛写着"通奸"二字的旗帜。而她，吃惊自己竟然会惊讶。毕竟，大卫是个相当出众的美男子。他身材挺拔，头发乌黑，剑眉星目，而且风趣幽默。然而，她从来没有想过，更从来没有发现过任何蛛丝马迹，能让她觉得他渴望拥有除了她之外的任何女人。这一点，说起来很模糊，但却又确凿无疑，她对此很清楚。她绝对地确信：大卫从来不会看除了她之外的任何女人一眼。

她打起精神，穿过房间，捡起角落里那两件伤风败俗的睡袍，把它们丢到厨房去。动作很快，但还是看到了餐桌上的两只茶杯和茶碟上留下的一点黄油。她匆匆关上门，仿佛刚刚目击了一场犯罪。她一边清理烟灰缸和酒瓶，一边开着玩笑，试图打消琳达刚才的好奇。她让琳达坐下来。

"可气，"她说，"估计清洁女工上个周末就没来打扫过。坐下来，亲爱的。我去给你泡杯茶，要不要？"

琳达坐下来，面色憔悴，手放在两膝之间，指尖勾着手袋。

"茶就不用了，"她说，"我想喝点更浓的。今天这趟高尔夫让我筋疲力尽……"

于是，蜜莉森回到厨房，目光避开那两只杯子，抓起一瓶白兰地和几块冰块，全部拿去给琳达。她们面对面坐在客厅里，这间漂亮的客厅里都是竹制家具，配以印染的彩色织物，也不知是大卫从哪里带回来的。这间屋子带有一种——即使算不上人情味的话——至少是英国布尔乔亚式的气息。从落地玻璃窗望出去，可以看到一排榆树在大风中摇曳。一个小时前，正是因为起风，她们才离开了高尔夫球场。

"大卫在利物浦。"蜜莉森说道。她发现自己用了不容置疑的语气，仿佛可怜的琳达会反驳她似的。

"当然，"琳达附和着她，"我知道，你跟我说过嘛。"

说完，她俩齐齐望向窗外，然后盯着脚上的鞋子看，再然后，看向对方的眼睛。

某些东西开始侵入蜜莉森的心。像是狼，像是狐狸，总之，是一只野兽，一只伤害她的野兽。痛苦在侵蚀着她。她猛地喝下一大口白兰地，试图让自己平静下来，然后又一次看向琳达的眼睛。"很好，"

她对自己说，"不管怎么说，照我的判断，照任何一个有逻辑的人来判断，都不可能会是琳达。整个周末我们都在一起，她跟我一样被吓坏了，而且，很奇怪，她甚至比我还要恐慌。"因为，在她看来，大卫把一个女人带回家来这回事，且不论孩子们在不在，大卫带回一个女人，并且让这个女人穿上她的睡袍，这回事本来就是天方夜谭。大卫根本看都不看一眼其他女人。不仅如此，大卫看都不看任何人。"任何人"这个字眼，突然令她轰然一震。的确，他的眼中没有任何人。也没有她。大卫生来俊美，目中无人。

当然，十年过去了，很自然甚至是很合理地，他们之间的性生活几乎缩减为零。而且，这么些年过去了，他也当然不再是她当年认识的那个血气方刚、不安于室的年轻男人。然而，这个英俊的丈夫，这个如此迷人的盲人，还是有些让她想不透的地方……

"蜜莉森，"琳达问，"你怎么想？"

她抬手指着面前的这一片狼藉。

"你希望我怎么想？"蜜莉森说，"要么是管家布里格太太星期一就没来整理过屋子，要么是大卫和某个荡妇在这里度了周末。"

说着她大笑起来。她感觉轻松了很多。既然问题已经摆上台面，事情就简单多了。她完全可以与闺蜜一起为这样的事实大笑，笑自己被背叛，笑自己突然发现了这样的事实，还是因为老天起风让她们提前离开高尔夫球场。

"可是，"琳达问（她也笑了起来），"你的意思是，某个荡妇？大卫的时间全都是和你，和孩子们，还有你们的朋友们在一起，他哪还有时间去找一个真正的荡妇。"

"呵，"蜜莉森笑得更欢了——的确，她感觉轻松了好多，也不知道是为什么——"也许是帕梅拉，或者埃丝特，又或者是珍妮……很快就会知道了。"

"我不觉得他会喜欢她们中的任何一个。"琳达的语气竟有些忧伤。她猛地想站起身来，让蜜莉森吓了一跳。

"你看，琳达，"她说，"即使我们抓到奸情，你也很清楚，我们不可能让事情严重化。你看，我们已经结婚十年了，大卫和我，我们各自都有过一些机会……但最后什么都没有发生……"

"我知道,"琳达说,"这一切没什么了不起的。我很明白,不过我想我该走了。我想回伦敦去了。"

"你不太喜欢大卫,对吗?"

琳达的眼睛里闪过一丝错愕,然后又很快变得亲热而温柔:

"不,不,我很喜欢大卫。我五岁时就认识他了,他是我哥哥最好的朋友,那时他们在伊顿公学读书……"

说出这句没头没脑的话后,她牢牢盯住了蜜莉森的眼睛,似乎刚才,她已向她吐露了某件最关键的事。

"很好,"蜜莉森说,"不过我不明白为什么你不能够原谅这件事。连我,我自己都准备原谅他了。家里的确是一团乱,但我宁可留在这里,也不想带着这一团要命的乱麻回伦敦去。"

琳达抓过那瓶白兰地,给自己灌了满满一大杯。至少在蜜莉森看来,她喝得也太多了点。

"大卫对你非常好。"她说。

"的确是这样。"蜜莉森说的是实话。

　　没错，他是个亲和、殷勤、会照顾人的男人，有时候充满了想象力，但不幸的是，他非常容易神经衰弱。但是这一点，她并不会告诉琳达。她不会告诉她，大卫在伦敦时整天都躺在长沙发上，眯着眼睛，拒绝出门。她不会告诉她，大卫做的那些可怕的噩梦。她不会告诉她，大卫像是有强迫症似的，老在跟一个生意人打电话，她甚至记不起那个男人的名字。她不会告诉她，每当哪个孩子考了糟糕的分数时，大卫是怎样的暴跳如雷。她也不会告诉琳达，只要一涉及家具，涉及画，他就会变得多么面目可憎；不会告诉她，这个看上去殷勤和气的大卫，有时候会把跟别人的约会忘得一干二净，包括和她的；更不会告诉她，他有时回到家时的样子。她同样也不可能告诉琳达，有一次，她从镜子里，偷看到他背部的疤痕……单是想到这件事，她的心里就七上八下：作为一个英国女人，一个体面的女人，她开始怀疑——终于她想要去了解了——"你觉得是埃丝特还是帕梅拉？"因为毕竟，他的确没有时间去见她们之外的其他女人。那些女人，哪怕是多么不羁的女人，也会要求所爱的男人有时间陪她们。大卫的风流韵事，如果存在的话，也只能是冲动、意外的短暂关系，比如和妓女的那档事。可是，怎能想象，大卫这样一个高傲又挑剔的人，会是一个色情狂呢？

琳达的声音仿佛从很远很远的地方飘来：

"你为什么会觉得是帕梅拉或者埃丝特？她们都是那么苛刻的人……"

"你说的对。"蜜莉森说。

她站起身，径直走到客厅的镜子前，盯着自己看。她依然很美，别人总是不厌其烦地告诉她这一点，有时候，甚至还向她大献殷勤。而她的丈夫，则是朋友圈里最有魅力、最有才能的一个男人。可是为什么，当她面对镜中的自己，觉得看到的只是一具没有血也没有肉的骷髅？

"我觉得很可惜，"她说——她已经不太分得清自己是在跟谁说话，"很可惜大卫都没有什么要好的同性朋友。你注意到没有？"

"我从来没留意过。"琳达坐在那里，幽幽答道。蜜莉森看不到她的脸，她就像是嵌在长沙发上的一片剪影。她知道？她知道什么？那个女人的名字么？为什么不告诉她那个女人的名字？琳达是出于善意还是恶意——在这种情况下，谁说得清？——才不肯吐露出那个女人的名字。那又是为什么，在这样一个七月的夜晚，穿着一袭寂寥的浅色长裙的她，脸上会有一种受惊女人的神色？必须让一切水落石出。如果这是真的，那就要接受大卫在外面有女人的事实，不管是某个朋友，或是某个妓女。不要把事情搞得太难看。也许，过些时日，她可以满面笑容地报复那个名叫蓓西或者其他什么名字的女人。一切要做得不着痕迹。于是，她站起身，高傲地弹了弹沙发上的灰，用女王般的语气宣布：

"听着，亲爱的，不管怎么说，今晚我们睡在这里。我会上楼去，看看房间变成什么样了。如果我那亲爱的丈夫把狂欢派对也开到了那里，我会打电话给布里格太太，她就住在两公里外，她会过来帮我们。你看怎么样？"

"这样很好，"琳达在黑暗中说，"这样很好，就按你说的办吧。"

蜜莉森起身走上楼梯；沿途挂满了两个儿子的照片，她心不在焉地冲他们微笑。他们也到了去伊顿公学读书的年纪了，就像当年的大卫，和那个谁？哦，对了，琳达的哥哥。她吃惊自己居然需要扶住栏杆才能走上楼梯。她的腿仿佛被砍断了一般；不是因为高尔夫，也不是因为那个可能存在的淫妇。任何人都可以面对被背叛的事实，也必须去面对。这不是大哭大闹寻死觅活的理由。总之，对她蜜莉森来说不是。她走进了"他们"的卧室，"他们家"的卧室，看到眼前的床是令人脸红心跳的狼藉，翻云覆雨后的混乱，似乎从她与大卫结婚以来，都从来没有乱成这样过。第二件让她注意到的东西，是搁在床头柜上的一块手表，就放在她那一边的床头柜上。那是一款防水手表，一块硕大的男士手表。她用指尖挑起它掂了掂分量，怔了好一会儿，才终于明白过来，是另一个男人把它留在了这里。她全明白了。楼下，是忧心忡忡的琳达，在黑暗当中，越来越惊慌的琳达。蜜莉森下了楼，面对亲爱的琳达，很奇怪地，竟带着一丝怜悯，对同样知情的她说道：

"哦，我亲爱的，"她说，"恐怕被你说中了。睡房里有一件肉红色香艳透顶的情趣内衣呢。"

五次分神

如果要总结约瑟芬·冯·格莱芬博格伯爵夫人这位以美貌和冷酷天性著称的女人的一生，我们可以用五次"分神"来概述。的确，在她人生的关键时刻，约瑟芬似乎总有一种惊人的能力，出人意料地从那个时刻一触即发的紧张氛围中完完全全地跳脱出来，把注意力集中到某个无关紧要的细节上，从而逃避掉当下的现实。

第一次，是在西班牙战争期间，在一家乡间旅馆里，她年轻的丈夫正生命垂危。他把她唤至枕边，用越来越微弱的声音，反反复复地告诉她，是因为她，他才去参战，是因为她，他才毫不犹豫地赴死。他对她说，正是因为她用冷漠和无动于衷来回报他诚挚的爱情，才导致了今天的局面，他祝愿她有一天能够明白人类最根本的感情，明白爱的温柔。她听着，一动不动，一袭盛装，置身于这间塞满了衣衫褴褛的受伤士兵的屋子。她抬起眼，机械地扫视了一眼整个大厅，既嫌恶，又好奇。突然，她发现窗外是一片麦田，被夏日的风轻轻吹拂，像极了梵高画笔下的麦田。于是，她挣脱了丈夫的手，站起身，喃喃道："你看那片麦田，简直是梵高的麦田。"她倚在窗前看了好几分钟。而他，闭上了他的眼。当她返回床边时，大吃一惊地发现，他已经死了。

她的第二任丈夫，冯·格莱芬博格伯爵，是个富可敌国、有权有势的人物，长期致力于把她打造成一个优雅、聪慧、能装饰门面的伴侣。他们去逛街，横扫所有格莱芬博格氏的名店，他们去赌场，将格莱芬博格氏的马克一掷千金，他们去戛纳，去蒙特卡罗，晒出格莱芬博格氏的太阳棕。然而，约瑟芬身上的冷漠，这份在最初时刻曾以无可抗拒之势深深吸引过阿尔诺·冯·格莱芬博格的特质，如今却令他感到恐惧。一个美妙的晚上，在威廉大街上他们奢华的公寓里，阿尔诺向她抱怨她的冷漠，甚至质问她，是否曾有片刻，她会关心到除了她自己之外的任何事物。他说："您拒绝为我孕育小格莱芬博格，您基本不开口说话，而且，据我所知，您甚至连朋友也没有。"她回答说自己从来就是这样,他与她结婚之际就该清楚这一点。"我有件事要告诉您,"他冷冷地说,"我破产了,彻底破产了,一个月内我们要搬到黑森林的乡间别墅去,那是我唯一能保留下来的。"她笑了起来,回答说她不会同往,她的第一任丈夫给她留下的财产完全够她在慕尼黑过上舒适的生活,而黑森林的无聊令她深深厌倦。这一刻,这位著名银行家刚硬如铁的神经终于爆裂了,他发疯似地踢翻客厅里的家具,嘶吼道,她嫁给他只是为了他的钱,他现在已经彻底看清了,因为刚才他只是设计了一场骗局,他根本就没有破产……他一边咆哮如雷,一边随手摔碎珍贵的古玩器物,而约瑟芬惊恐地发现,她右腿的长筒袜抽丝了。从这场糟糕透顶的谈话开始直到现在,这是她第一次作出吃惊的反应,并立即从座椅上弹了起来,"我的袜子抽丝了。"她说。然后,在可怜的阿尔诺·冯·格莱芬博格伯爵惊愕得无以复加的目光下,她离开了房间。

伯爵忘记了,或者是假装忘记了这件事。她提出今后要拥有一套属于她自己的公寓,完完全全与

他分开，她的公寓，要有一个巨大的露台，在那里
能俯瞰整个慕尼黑城，她可以躺在长椅上，长时间
地享受日光浴，在夏日里，有两个巴西胖女佣在两
侧为她扇风，而她，一言不发地望着天空。她与丈
夫唯一的联系就是每个月他为她开出的支票，经由
私人秘书转交。这个秘书是个年轻英俊的慕尼黑男
子，名叫维尔福莱德。维尔福莱德很快就爱上了她，
爱上了她静若雕塑的姿态。于是有一天，仗着两个
巴西女佣不太听得懂德语，他壮起胆子告诉她，他
爱她，他为她痴狂。他本以为她会把他赶走，让他
丢掉伯爵秘书的饭碗。但她一个人在这个露台上生
活得太久了，于是她对他说："很好……您令我很开
心……我太无聊了……"说着，她搂过他的脖子，
不顾他的尴尬，在两个巴西女佣无动于衷的目光下，
疯狂地亲吻他。当他抬起头来，只觉得头晕目眩，
被幸福的滋味填得满当当的。他问她，他是否可以
成为她的情人，什么时候可以。正在这时，一片羽
毛从其中一个女佣手中的扇子上飞出，在空中飘荡
起来。她的目光追逐着它。"看这羽毛，"她说，"你
觉得它会飞过围墙吗?"他看着她，呆若木鸡。"我

在问您，您什么时候属于我。"他面带愠色地回答。
她笑了，回答他："立刻。"便一把将他拉向她的身
体。两个巴西女佣继续扇着她们手中的扇子，一边
低声唱着歌。

　　她在李其特大夫的诊所里，大夫看她的目光既好
奇，又带着恐惧。而她，一如既往地面无表情。"我
很久没见到您了，自从那个可怜的男孩自杀之后，"
他说，"就是您丈夫的那个秘书。""维尔福莱德。"她
说。"您始终不知道他为什么在您家这样做吗？"他
们的目光交错。大夫的眼睛里有蔑视和挑衅，而约
瑟芬的目光依然静如止水。"不知道，"她回答，"我
认为这太不得体了。"

　　大夫咽了口唾沫，打开抽屉，取出好几张 X 光
照片。"我有坏消息要向您宣布，"他说，"我已经告
诉过艾尔·冯·格莱芬博格了，他让我把这个给您
看。"她伸出她那戴着手套的手，推开了照片，冲他
一笑。"我不知道怎么看 X 光照片。我想您应该已经
得出结论了。它们是阳性的吗？""很遗憾，是的。"
他说。他们互相盯着对方看，而她先移开了视线，

注意到大夫头顶上挂着的一幅画；她站起身，上前几步，把那幅画重新挂正，然后，施施然坐回了原位。"不好意思，"她说，"我受不了这个。"大夫本想看到约瑟芬·冯·格莱芬博格终于花容失色的样子，但显然，他赌输了。

约瑟芬在酒店房间里给她的丈夫写字条："亲爱的阿尔诺，由于您经常地责备我，我不知该怎样忍受。我不想再活下去。"然后，她站起身，最后望了一眼镜中的自己，永远是那样若有所思、波澜不惊的面容，甚至很诡异地，露出了一缕微笑。她径直走向她的床，躺下，打开手袋。她取出一支簇新光亮的黑色小手枪，上了膛。不巧的是，枪有点沉，害她不慎压断了手指甲。约瑟芬·冯·格莱芬博格绝对无法忍受这方面的疏忽大意。她立刻又起身，打开化妆包，取出一枚指甲锉，细心地修剪她那只受损的指甲。都做好后，她才转身回到床上，重新拿起手枪。她把它对准自己的太阳穴。枪声并不大。

树　绅

　　罗德·斯蒂芬·金佰利转身面向台阶，向他的未婚妻伸出手。在这个美丽的英国秋日，夕阳余晖中，她看上去比往常更迷人，更娇媚，更优雅。他不免为自己的无动于衷感到悲哀。但是，不管怎么说，她爱他，或者说，她相信自己爱他，她与他门当户对，她的妆奁丰厚；至于他，三十五岁，也正是结婚的时候了。他们将给这个英国小乡村新添一群活蹦乱跳的娃儿，娃儿们会有着母亲那样的蓝眼睛和父亲那样的棕发，或者反过来，有父亲的黑眼睛和母亲的金发。他们会发出尖利的叫声，会抢着骑小马，还准会有个老园丁对他们百依百顺。

　　当然，斯蒂芬的这番内心独白听起来颇有点玩世不恭的味道，但实际上，他远不是个玩世不恭的人。在这座老房子里长大，然后进入伊顿公学，然后再往伦敦，他的整个童年、少年和青年时代，都在一种不可动摇的平静当中度过。只有一次，一次例外。但是从那次直到现在，他一次也没有再回想过。往事，只留在林荫路的尽头。

"这些榉树真美！"可爱的艾米莉·莱尔福，他的未婚妻，正兴奋地赞叹着，发出银铃般的笑声。她不由得愉快地想，不久的将来，她就会变成这里的女主人，拥有这片土地、这个男人，还会为他生下一群健康可爱的小宝宝。于是，她挽起白马王子健壮的手臂，迈着轻盈的步子，走下几级台阶。

坐在遮阳伞下面的是他们各自的母亲，两位都已寡居多年（一个亏得有印度，另一个亏得有股市），她们一边狼吞虎咽地吃着松饼和红茶，一边美滋滋地注视着他俩。想到以后，肯定会有一堆孙子孙女，在放暑假的时候缠着她们，美好的未来不由添了点甜蜜的烦恼。不过嘛，总会有保姆来照顾的。

"我真觉得幸福，"金佰利太太说道，"斯蒂芬也是时候定下来了。我从来就不喜欢他在伦敦的那些朋友。"

"年轻人嘛，总要收心的，"另一位颇为理解地回应她，"这对我们家艾米莉来说再好不过。"

　　两位母亲交换着对未来的美好憧憬，这对年轻的人儿则在林荫道上漫步。尽管经常来登喜路庄园，但斯蒂芬极少在这里散步。和大多数他这个年龄的年轻人一样，若非把他安置在四只轮子或者四条腿的家伙上行动，他就懒得动弹。偏偏，他的未婚妻对这见鬼的山毛榉赞不绝口。他拖着步子跟着她，心不在焉地看着树叶之间，一缕缕斜斜沉落的阳光。就这样，连他自己也不知不觉地，与她并肩来到了树林中的一片空地。走过长长的林荫道，走到路的尽头，有这样一块别有洞天的空地，那么寂寥，那么美，只有一条荆棘丛生的小径向外延伸。在这里，当他再次看到了这棵树，他才想起过去，想起菲儿的脸，想起那段也许是他一生当中，唯一真正活过的时光。

　　那年他十五岁，她十四。她是佃农的女儿。她住得比较远，在河边。她的皮肤晒得金棕色，神情犹如一只小兽，在乡野间独自长大的女孩，往往这般野性未脱。而他，他是个骨瘦如柴、乳臭未干的傻小子，"穿着文质彬彬的白色亚麻衬衫"，更确切点说，是人字斜纹布衬衫，因为他清楚地记得，那年夏天的登喜路庄园，酷暑难耐。他们因为在一起捕鱼而结识彼此。那些鳟鱼基本上是当地放养的（但捕鱼还是被明文禁止），当斯蒂芬把它们抓在手中，任冰凉的鳟鱼在手心狂乱地颤动，他感觉到一种奇异的快感，犯禁的快感，还有一种，说不清道不明的对某种猎物的渴望，这猎物，和鳟鱼一样躁动，却不像鳟鱼那样冰冷。菲儿总是取笑他，取笑他的口音，取笑他的青春痘，取笑他的笨手笨脚。菲儿总是在他们疯狂的比赛中获胜。她是个彻头彻尾的"未知数"，她属于大自然，原始而纯真，同时，她又是一个女人，所有这些对他而言，都是全然陌生，且极少有机会了解的。然而，那年夏天，那个唯一的夏天，生命中第一次也是最后一次，斯蒂芬遭遇并欣赏到了登喜路庄园的美与魔力。因为它有浓密的林荫可供休憩，有厚厚的干草垛可以躲藏，还因为，这里有这样一片相当空旷的林中空地，在那个炎炎夏日里，陡然成为一方妙不可言的乐土。

要发生的事，终于在一个漫长的午后来临。菲儿唤了他的名字，"斯蒂芬"，然后亲吻了他。那一

霎，他觉得仿佛是他有生以来第一次，听到自己的
名字。两个人已经无所顾忌，因为他们清楚地知道，
这个夏天将是他们唯一的夏天。已通人事的菲儿挑
逗而诱人，而他，在膨胀的欲望中，变得笨手笨脚。
他们的每一分钟，都在如火的情欲里度过。夏日飞
逝。在炽烈的阳光和菲儿妙不可言的抚摸下，斯蒂
芬的青春痘消失了，他的笨拙变成了强壮，他的谎
话也越说越流利。少男少女之间的热恋是无法描摹
的。置身守林人、父母、表兄弟、狩猎者以及其他
居民的层层包围之中，斯蒂芬和菲儿硬是每一天都
在同一片林中空地的同一棵大树下腻在一起。那是
一棵梧桐树，是斯蒂芬的一个叔叔，一个疯疯癫癫、
酗酒的爱尔兰人从普罗旺斯带回来种下的。没有人
知道原因。这棵树被遗忘在这片林中空地，就像家
族的一块隐秘的伤疤。于是，每一个夏日午后，他
们俩都在这个地方，肌肤相亲，耳鬓厮磨，享受青
草的芬芳、爱人的气味。然后，一言不发地分开。

　　两年之后，按照富家子弟的传统完成了欧陆之
旅后，斯蒂芬回到这里。在一次散步的时候，他看

到了菲儿。她挺着大肚，已然是幸福的主妇。他们之间甚至没有过一次目光的交错。就像两只动物在路上相逢，彼此缄默。因为无论是他，还是她，都不想再触碰曾经经历的分离之痛。然而，尽管他们之间的罗曼史不曾留下一点抒情的记录，亦不曾有过结局，但在某一天激情澎湃的时刻，斯蒂芬在那棵不同寻常的梧桐树上，刻下过他俩名字的首字母"S""F"，中间并没有刻上一颗心，就只是两个大写字母"S""F"。在这个美好的订婚之夜，他猝不及防地想到那两个像水蛭一样紧紧纠缠，侵蚀着那棵树的字母，想起那个难以忘怀的夏天，那些漫长的家族晚餐上，他穿着白色的衬衣，双手颤抖着，精疲力竭地面对一双双质疑的眼睛。而此时，三十五岁的他，他的心——被自那以后的生活，被他美丽的未婚妻，被一览无余的未来消磨得不成形状的心——开始怦怦直跳。他的十五岁，历历在目。他仿佛又看到了那个赤条条的土著男孩，压在一个黑发土著女孩的肩膀上。他情难自禁，恨恨地看了看艾米莉那头金色的卷发。

"她会看到那些字母，"他想，"家族中没有什么人的名字是以'S'开头，我得凭空编造一个浪漫故事来向她解释这疯狂的举动。也许还得扯出某个邻家女孩……"

他绞尽脑汁，绝望地回忆着母亲这头的亲戚里有没有哪个名字以"F"开头，而且又可能被他带到这个地方来的小姑娘，心里不由得为这个低级的谎言叫苦。当然，他可以拖些时日再跟艾米莉说，等更合适的时候，比如，他们的第一个孩子诞生以后，那个时候，他的谎话肯定说得更溜了。但现在，现在是另一回事。他迟疑着。而她转过身，笑着问他："您早就在等着我么，斯蒂芬？"

他有一点错愕，赶忙凑上前去。她的手按在树干上，就在刻字的那个地方。"S"仍然清晰可见，而"F"则有一点模糊了，顺着树干流下的树液，让菲儿的"F"看起来像极了一个"E"字。

"斯蒂芬-艾米莉，"她念道，"居然……"

她对他嫣然一笑，而斯蒂芬知道，生活刚刚给了他——也许有点晚了——一记万劫不复的耳光。

一　夜

"有些事是忘不掉的，只能找别的事转移注意力。"她大叫一声，然后轻轻一笑，在房间里停止了踱步。有三个选项：打电话给西蒙，跟他出去；吃三片安眠药，一觉睡到明天（不过她已经厌倦了这个方法，逃避像缓刑，解决不了问题）；再或者，试试看书。不过，即使书再怎么有趣，也会被她扔到一边去吧，更确切地说（她想象着自己的做法），她会把它搁在床单上，闭上眼，就这么坐在床头，让橘黄的灯光落在她的眼睑上，落在她无法释怀的情绪里。只有在快活欢畅的片刻，只有当她信誓旦旦地说，自己从未爱过马克，他的离开无关紧要的时候，她才能短暂地从糟糕情绪里摆脱出来。所以，看书这个法子根本没用，她不能忍受阅读，她只想麻醉自己。而且是跟"其他人"。

打电话给西蒙。电话拨通了，她把听筒从腮帮挪到耳畔，她讨厌潮热的黑色硬橡胶，于是让听筒时而贴紧脸颊，时而又拉开距离，听筒里的尖锐的铃声也随之若隐若现。"这可是个不赖的电影画面，"她心想，"女人打电话给她的情人，预先抚摸对方的声音……"西蒙应答了，声音清亮，西蒙的声音总是这么清亮。她这才意识到，时间已经很晚了。

"是我。"她说。

"你还好吧？"西蒙说，"不对，肯定不好，不然不会在这个时间打给我。"

"我很好，"她说——在别人的温柔问候下，她不禁满眼是泪——"我很好，只是很想出去喝一杯。你睡了？"

"还没，"西蒙说，"而且，我也正好想喝东西。十分钟后见。"

挂上电话，望着镜中自己憔悴的脸，她顿时又不能忍受出门的主意了，倒是渴望就这么待在这个房间里，独自一个人，与马克留下的空荡，与这种可以叫做疼痛的情绪待在一起。放任自流，沉溺其中。她终于开始痛恨自己自我保护的本能了。快一个月了，她一直都不肯直面痛苦。为什么不试着去承受，而不是逃避，永远逃避一切？只是，怎样做都无济于事。无论是放任自己不快乐，还是努力让自己快乐，都没有用；所有的一切，她的生活，西蒙，还有眼前这支烟，这支她在补妆前拧灭在烟灰缸里的烟，统统都没有用。

　　西蒙按铃。一起下楼的时候，她转过头，仰起面庞，冲他微笑。他也动情地对她一笑。"我们真的曾经是情侣呵，"她想，"那是在马克之前的事了。我已经不太记得我们是怎么分手的。"事实上，那段时期的事情她都不太记得了。马克之前发生的事，都像古战场的城墙一样灰飞烟灭了。哦！不许再想马克。她不再爱他了，她也不期待他回来，她也许只是为自己而遗憾，为此时此刻蹉跎青春的自己。

　　"我厌倦我自己。"在车上，她开口道。

　　"只有你这么想，"西蒙故意尖着嗓子说，"我们全都好爱你。"

　　"你知道么，"她说，"就像马克·奥尔朗那首歌唱的：

　　　　我想，我想什么都不知道

　　　　我想不再听到我的声音……"

"那你想听到我的吗？"西蒙说，"我爱你，亲爱的，我疯狂地爱着你。"

他俩都笑了起来。这很可能是真的。在夜店门口，他伸出手搂住她的肩膀，她自然而然地靠在他的怀里。

他们跳舞。音乐是一种温暖而美妙的东西。她把脸颊贴在西蒙的肩头，沉默不语。她环顾四周，望着眼前跳舞的男男女女，一张张或纵情欢笑或心事重重的脸庞，男人们的手紧紧地搂住女人们的后背，他们的身体随着旋律舞动。她心中一片空白。

"这么安静……"西蒙说，"因为马克？"

她摇摇头：

"你知道，马克，他也不过是个过客。别太夸张了。人生匆匆。"

"幸运的是，"西蒙说，"人生匆匆，我在这里，你在这里。我们共舞。"

"我们一辈子跳舞，"她说，"我们是那类人，跳舞的人。"

黎明时分，他们走出酒吧，清凉的空气令人浑身一颤。西蒙开车带她回家。他们一句话也没有说，但躺在床上的时候，她吻了他的脸颊，紧紧靠在他的肩头，他为她点燃一支烟，送到她的嘴边。

阳光透过窗帘，照在散落一地的衣服上，她眯着眼，不愿睁开。

"你知道，"她轻轻地说，"很有趣，怎么说呢，生活，这一切……"

"什么？"他说。

"我不知道。"她翻个身，挨着他睡着了。

他一动不动地呆坐了一会儿，然后熄灭两人的烟头，自己也酣然入梦。

名　伶

"你知道，"她靠在幕布上，喝着柠檬水，说，"如果我没有像从前那么关心你，不是因为我不喜欢你了。你知道，我爱你，在我这个年龄，仍然会爱，只是……"

她微笑着：

"我心里只有他。"

"他是谁？"

他怒火中烧。他又变得英俊起来。他的醋意来得很容易，无非是对明天的恐惧或对金钱的匮乏感，他的醋意让他变得狂热而英俊。而她，总是能让她的每一个情人吃醋，而且，从不告诉他们那个"他"是谁。

观众席上人头攒动。意大利的夜晚，有一点风。这座古老的剧场被十几台百万瓦数的探照灯覆盖，亮如白昼。这是在用科学进步来照亮古老遗迹，愚蠢的现代人是这么说的。她耸了耸宽厚的肩膀，转过身来对着这个年轻人：

"再两分钟，就到我了。"她说。

他没有应答。六个月来，他跟随着她，辗转在不同的城市之间。他跟她做爱——不多不少，他花她的钱——也不多不少，但此时此刻，他十二分地怨恨她：当她登上舞台，她的赘肉、她的皱纹，还有他整个人，都被她抛诸脑后；沉醉在幸福中的人们，在黑暗的剧场里——无论是在柏林、纽约还是罗马——人们等待着、期盼着她如莲花般绽放的天籁之音。那一刻，她是孤绝的，戏剧般的孤绝，打动人心的孤绝，而他，他能感觉得到。在这一刻，他就像她的三任前夫或者三十个情人一样无关紧要。甚至，尚不如舞台上一个跑龙套的角色来得重要，跑龙套的至少还是舞台的需要。

人群安静下来。他带着一丝厌恶的情绪看着身旁这个浑身赘肉的女人——肥得像猪，有时他甚至会这么想——但正是从这副身躯里发出的声音，征服了所有挑剔的歌迷。啊不，他已尽力在她身上搜刮，可他自己也挥霍得太快。没人愿意活得穷困潦倒，也没人愿意三十岁时还伺候着一个走向衰老的妇人，哪怕她再怎么才华横溢！

"我是个金发男人，"他想，"我是个金发男人，我英俊、性感。卡修妮赚到了，就是这词：赚了。我应该把价钱开得更高点。"

管弦乐声逐渐微弱下来，他想，应该是到最后一幕了吧。她远远地向着他迎面而来。她满是汗水的额头泛着油光，脸上半是痴狂，半是沉醉，仿佛爱情降临。她做了个孩子气的、甚至有些可笑的举动，整个人扑向他。她的道具员站在边上，手中准备着一杯柠檬水。她一口气全喝了。

"你觉得这曲子怎么样？"她问。

她用那双画着浓重眼妆的眼睛望着他。

"他三十岁，老天！他高挑、英俊，配得上任何一位伊朗公主。而她，带着一张被汗水搅糊了浓妆的残脸，她怎么胆敢问他，问他觉得那个什么怎么样？"

"我不懂这出歌剧。"他不屑地回答。

她笑了起来。

"这曲子我这辈子只唱过三次，"她停顿片刻，

"而在这三次中，我总会遇到——他。今晚，我希望他还会来。"

"可他是谁？"

可她拍拍他的手臂，径直向那个乐团指挥走去了。那人是个蠢货，愚不可及、毫无廉耻的家伙，一心只想着利用她，利用她的名声赚钱。他这样警告过她，但她只是笑着说："他是位音乐家，你要明白。"语气温柔地给他一个冠冕堂皇的理由。他摸了摸他那镶金的玛瑙袖扣，那是她最近送他的礼物，然后，看了看表。正常的话，演出再过半小时就会结束。谢天谢地。他已经受够了，受够了歌剧、音乐、二重奏、三重奏、四重奏。蒙特卡罗的摇摆舞万岁。然而，他的疑惑还是驱使他凑近了幕布。"他"，这个三次重现的"他"究竟是谁？一个三十年代的老帅哥？她的前夫？如果是那样的话，她会直接就告诉他的，卡修妮不是个扭捏的人。他是被买来的，她买了他。他完全没有必要承受妒忌的耻辱，更何况，那只是一个空洞的"他"。可是，这个"他"，是谁？

她回到他身旁。她心不在焉地看了他一眼。她把手放在他的手臂上。她压低声音咳嗽，她在等待。幕布升起，那个讨厌的乐队指挥举起了他的指挥棒。所有他的奴隶们，音乐的奴隶们，旋即乖乖低下头，夹紧了他们的小提琴。如诉的琴声奏起，她的眼中再也没有他。她一动不动，目光追逐着黑暗中苍白的灯光、灯光下苍白的面庞，肥硕的歌唱家，这些旅途，这些演唱会的记录……这个命运，总之，他在其中只不过是个无足重轻的人物。突然，他明白了，他的心里咯噔一声，满面通红，他明白了……他或者其他人……哪怕她的年龄是他的两倍，她的体重是他的两倍，可对于这里所有的人来说，她都是他们的梦中情人。全世界有上百万的人为她魂牵梦萦，而在罗马，也许有一个女人也在渴望着他。幸运之至。也许，就在今晚，那一个男人，那个陌生人，"他"，正在等待她。也许，他就要作为一个多余的人被踢开；也许，健壮、英俊又性感的他，只不过是一场真正的爱情故事里的一段小插曲，一个令人讨厌、开价不菲的捣乱分子。他看着她，想让自己愤慨起来。他觉得自己简直像个怀孕失宠的侍女。但观众已经开始鼓掌了，迫不及待地鼓掌。

他感觉到了，观众在等着她。观众和"他"，都在等她。

"他是谁？"他说。

"谁？"

她望着他，她的眼睛幽暗、迷蒙，他似乎在里面读到了慌乱。

"你曾三次遇到的那个人，你知道我在说什么？"

"啊。"

她轻轻地，温柔地笑了。乐队指挥向她眨眼示意。剧场内的空气紧张起来，他觉得自己的神经也像弦一样绷紧了。她收住笑容，转向他，把他的手放在自己的脸颊上，那一刹那，他仿佛见到了自己的母亲，一个爱他的母亲，而不是一个吹毛求疵却又心不在焉、他无法理解的情人。

"他，"她说，"是一个C3①，威尔第歌剧里最高的一个音，你明白吗？"

她注视着他，而他，呆立在那里。他忽然觉得他的玛瑙袖扣、簇新的晚礼服、衬衫前襟的珍珠，所

_____

① 一个音名，即比正常音区中高音 do 高八度的高音 do。

有这些她买给他的东西，都在灼烧着他的皮肤。

"一个 do，"她轻柔地说，"就像这样。"

她说着，开口唱起来，发出一个非常轻，非常温柔的 do。她闭着双眼，仿佛在向他诠释一个来自外星球的词语。

"这里，"她说，"只有在这里，这个音要持续三十秒钟。"

指挥示意她出场了，她连忙理了理头发，拖曳着巨大的裙摆，深吸一口气，奔出几步，又回过头来。

"而且，"她说，"他，他千金难买。"

风雅的死亡

她开始感到厌倦，厌倦这个地方，厌倦她的情人。其实无论是地方还是情人，都是最时髦的。这家"呜呜"酒吧，还有科特，帅哥科特。只是，没办法，帅哥和酒吧，今晚都让她厌倦。过了三十岁，一些滥俗的东西自然无法再取悦你心，尤其是太喧闹的东西，比如这家"呜呜"，或者太暴躁的，比如科特。所以，她倦得打起了哈欠，而他立刻盯牢她：

"你在想布鲁诺？"

他实在不应该跟她提布鲁诺的名字。布鲁诺，是她的第一任丈夫，唯一一个，伤透了她的心的人。她下意识地去忘记他，却又无法忍受自己忘记他。如今，他远在天边。然而，他的名字对她而言，仍是不能承受的痛。尽管她，在旁人看来，已经应有尽有。一笔巨额的财富，两处豪华的房产，风姿绰约，十个情人，加上古怪的趣味。

"别扯上布鲁诺，拜托你……"

"哦，抱歉！禁忌话题！……我惹你生气了？"

她转向他，给他个无比温柔的笑脸，令他害怕。但已经太迟了。

"你惹我生气了？是的。我很'生气'。我不想再看到你，科特。"

他笑了起来。这个科特，反应有点迟钝。

"你的意思是，你要打发我走？就像打发你家的厨子？"

"不一样。我很尊重我家的厨子。"

他们对峙片刻，他伸手想要拉她。但她已经站起身，跟别人跳舞去了。他久久注视着自己悬在半空的手，然后一把扫开面前两只酒杯，拂袖而去。

朋友们把她迎到他们的台子上。不一会儿，她又开始跳舞。黎明时分，她最后一个走出酒吧。这是一个空气清冽、天微微蓝的黎明，一如这个春天所有的黎明。她的车停在门口，这辆漂亮的座驾由一个昏昏欲睡的男孩看守着，他是"呜呜"酒吧的小跟班，穿着制服，靠在汽车引擎盖上打盹。她顿时感到愧疚。

"我害您熬了一整夜。"她说。

"这部车，我还愿意陪它一整天呢。"

他应该只有十五岁，或者十七岁，羡慕全写在脸上，令她忍不住笑。他替她打开车门。就在这时，起风了。早春的风，沁凉入心。她觉得冷。熬了一整夜，她太累了，她的日子一塌糊涂。她看了一眼那个门童，他也在风中瑟瑟发抖，身上穿着带有肋形胸饰的可笑制服。在这个钟点，整座城仿佛是空的一般。

"您要不要顺便搭个车？"

"我住得很远，"他有点不舍地用手抚摸着汽车，"我住在斯坦恩贝格附近，我坐地铁回去。"

她犹豫了一下。毕竟，高速公路上的风可大着呢。但这个可怜的小男孩已经沉沉欲睡，体力不支了。她应该送他一程。

"上车吧，"她说，"我顺路。"

"您要去您的马场？"

是啊，马场，清早的马儿，轻快的奔驰，森林中的薄雾，布鲁诺……自他以后，她再也没有回过那里。

她在空空荡荡的慕尼黑城疾驰。身旁的男孩似乎特别开心，一会儿看看车子，一会儿看看时速表，眼里都是兴奋。

"它就在我家旁边，"他说，"我啊，就只喜欢两样东西：车和马……我想当马夫，可惜年龄已经太大了……所以咯，我就到酒吧给人看车。您最快可以到多少？"

他们上了高速公路，因为疲倦，她本想开得慢一点，但身旁这个小孩子的语气，令她别无选择。她踩下油门，玛萨拉蒂呼啸着飞驰起来，发出嗡嗡的轰鸣声，一直升至时速两百公里。

"到两百了，"她说，"还行么？"

他笑了起来。他穿着丑陋的制服，一双手又大又粗糙。车上的这两个人凑在一起，实在是一幅有趣的画面：她一袭长裙，他则扮演小丑。她伸手打开收音机。美妙的音乐飘出，像车轮碾过高速公路，像早晨的风拍打额角。

"您每天早晨都去您的马场吗？"

她不敢对他说，自从布鲁诺之后，她就再也没去过那里。两年了，差不多有两年了。吉米会怎么想？她的老训练师吉米，是他手把手教她学会骑马，如今也是他尽忠职守地给她寄账目，还会附上几句笨拙而伤感的话……她突然很想再见到他。现在，就快到了。离斯坦恩伯格只有二十公里了……她忽然冲动地转过头，对身旁的男孩说：

"您想跟我一同去马场吗？你可以看到赛马，在训练场……"

"啊，如果不妨碍您的话，"他说，"这实在是……啊，这简直是个梦！……"

"真好，"她心想，"我总算能让一个人觉得开心。我一直不懂得怎么让人开心，哪怕是我所爱的布鲁诺，或是我不爱的科特，更别说其他人。但现在这个男孩，他很快乐。哪怕快乐只有三小时，但也是快乐。"

他们绕过湖，驶入薄纱般的白雾中，抵达马场。第一个赶来为他们打开大门的，正是吉米。她看到了他有点错愕的目光。一袭长裙的她，和一个穿着肋形胸饰制服的门童，出现在清晨六点。她下了车，扑到他怀里。他身材消瘦，面容温厚，那是驯马师才会有的模样。她还认得他身上那件粗呢旧外套，

旧外套上散发着烟丝的香味，那是多年来他在夜里
抽烟斗留下的气息。

"罗拉太太，"他轻轻拍着她的肩膀，"罗拉太
太……总算……"

"真是您，吉米……啊，这位是……呃……"

"昆特，"门童应道，"昆特·博朗。"

他连忙打招呼，一脸兴奋。马厩里的马儿骚动
着，工人们在为它们翻动牧草。

"来喝杯咖啡。"吉米说着，把他们带到自己的小
办公室里。墙上，是罗拉和布鲁诺骑马的照片，还
有一张，是罗拉笑着靠在布鲁诺的背上。她一眼看
到了那头金发，立即移开了视线。吉米也一样。

"比赛情况，最近还好吧？"

"您一定读到我写的报告了。战况棒极了！阿多
斯还在巴黎拿了第二名，就在上星期，而且……"

她没有在听。她不能告诉他，她已经两年没有读
他寄来的报告了，她跟着那些与她一样有钱的可怜
人一起混日子，从墨西哥到卡普里岛，再到巴哈马。
漫无目的。为了忘记布鲁诺。现在，她做到了，而
这正是最糟的事。

"我们去看赛马，"吉米说，"那里有一匹新手……！马立克的崽子……它可是个厉害的小魔鬼。"

"穿这身去？"

她提了提她的晚礼裙，笑不出来了；她困得要命……墙上，布鲁诺和她的照片刺痛她的眼睛。

"赛马？真正的赛马？"

"我们去吧……"小门童整个人都振奋了起来，两眼放光，"多刺激啊！……"

"您的装备都在楼上备着呢，"吉米说，"您的马裤和马靴……去看赛马，哪怕是去踩泥地，都足够呢。"

两双眼睛都巴巴望着她。一个六十岁，一个十七岁，同样孩子气的目光，她总是会对男人们这样的眼神缴械投降……好吧，就这样吧，她去换衣服，她去看赛马，然后她再回家。很好。只是，在楼上的房间里，当她束马靴的时候，有那么一秒钟，她感觉到心脏停止了跳动，她觉得精疲力竭，想要呕吐……很显然，最近她喝得太多了……

他们坐上吉米的老吉普车，前往赛马场。马儿已经在嘶叫，跃跃欲试。目之所及，是一片灰绿交织的树林，在春天的风中摇摆。三千米长的跑马道，夯实的泥土地，在他们脚下延伸。此情此景让她刹那回忆起：跨上马背之前的激动，万箭齐发的起跑，奔马时震耳欲聋的声响，马靴撞击的声响，此起彼伏……还有贴着脸庞飞闪而过的地面，那种恐惧的感觉，愉悦的感觉……那时她跟布鲁诺在一起，那么真切，并不遥远。

"我为您准备了一个惊喜，"吉米说，"它在这儿。来，小家伙。"

在她面前的是一匹俊美无比的马，全身黝黑，她一下子认出了它。它就是马立克的儿子：小魔鬼。它望着她，所有的小马夫们都望着她，还有吉米和门童，也在望着她。

"我希望您试一试，"吉米说，"就像从前那些时光。"

她害怕，非常害怕。他们什么都不知道，他们不知道她在酒吧里醉生梦死的夜晚，不知道她是怎样愚蠢地挥霍自己的健康，他们完全无法感受到清晨时分的这种疲惫感，也不会知道她的手正在颤抖，从骨子里发出的战栗。这不合适。她喃喃道：

"我有两年没上过马了，吉米。"

"很好，让小魔鬼迎接您的回归。"

他笑了。唉，男人们，有时候，哪怕他们有着强健的体格，有良好的平衡能力……他们还是会用这样的目光看着你……小门童的目光里是近乎狂热的崇拜；而吉米，是矢志不渝的信任。她向前一步，靠近小魔鬼，把手放在它的鬃毛上。她感觉到它在微微战栗，仿佛她和它之间已有契约。吉米伸出双手，助她蹬上马背。她的心脏剧烈地跳动着，以至于几乎听不见吉米的话：

"面向前方……很好……出发……"

所有的马儿一齐奔腾而出，终于解放了，在这早晨的风中。她很快意识到，这一切将万劫不复。一百米，两百米之后，她面朝大地，仿佛在做最后的告别似的，在世界末日般的轰鸣声中，缓缓滑下马鞍，被小魔鬼的蹄子踩中前额。

捕　鱼

　　这个春天，我们在诺曼底，住在我的豪宅里。连着两年大涝，我们都没把屋顶修一修，不然这房子可以看起来更气派一点，不会在屋梁下出现小水洼，不会在夜里睡觉时有冰凉的水滴落在我们的脸上，不会让双脚踩着吸满水的地毯，如同踩着积雨云。我们决定给百叶窗重新上漆。它们本来是橙红色的，然后褪成红褐色，然后又变成了灰褐色，再然后，这些没救的家伙干脆变得摇摇欲坠，活像搭在窗户上的破旗子。这个奢侈的决定，给身心均带来了难以估量的后果。

　　事情是这样的：

　　当地过得去的油漆匠当然不会屁颠屁颠跑到这儿来，带着一帮伙计，愉快地吹着口哨，用两天时间刷完这十二片破百叶窗。想得美。于是，我们一个朋友的朋友（我说的"我们"，指的是这所房子里的常住人口组成的紧密小团体），对，我们一个朋友的朋友，认识一个从南斯拉夫来的油漆匠，人相当聪明，特别有天分，几经漂浮辗转皆不得志后，就在法国靠"这活计"为生。总之，这么一来，我们既解决了经济上的问题——大家都知道，当地人要价高——又帮了朋友，因为亚斯克——亚斯克是他的名字——这段日子没什么活干。亚斯克万岁。他来了，还带来了个也会干油漆活儿的朋友，还有他年轻的妻子，不然她在巴黎会无聊的。他们三个人一起来了，全都那么可爱、健谈，并且着迷于看电视：真是令人愉快的来客。百叶窗也一点一点地变得漂亮起来，不疾不徐。

我也不知道怎么回事，在持续聊了三个星期的阳春白雪之后，有那么一天，我们的话题扯到了捕鱼这件事上。亚斯克当过渔夫，说起在南斯拉夫捕鱼的辉煌往事，两眼都放光。至于我，十岁的时候曾经在祖母家的小河里抓到过三条石斑鱼，还有就是走狗屎运抓到过一只鲷鱼，那是在小城圣托贝的海湾，有天夜里喝多了，我兴高采烈地喋喋不休，那是在一艘渔船上还是在客轮上？不记得了。我们越

聊越欢，越聊越起劲。弗朗克·贝尔纳，一个作家
朋友，本来三句不离本雅明或者萨特，这回也忽然
想起了自己中学时代的一条鳟鱼。总之，第二天，
我们就出现在钓鱼用品店里，煞有介事地研究起鱼
饵、鱼钩、铅坠、鱼竿之类的工具。炉火边，我们
仨埋头查涨潮的日期。亚斯克说，抓鱼的最好时机
是在涨潮刚刚结束的时候。一个是在凌晨一点，对
于我们来说不可能赶上，另一个时间就是上午十一
点半。我们当然选了上午这个时间。午夜时分，破
天荒地，我们全都早早爬上床，做捕鱼的美梦去了。

　　显然，我们完全忘了，在诺曼底这样一片宁静祥
和的地区，人们的日常运动，是骑马、打网球、滑
轮滑和玩纸牌——如果精力充沛的话。那么，既然
我们认识的人中没有一个会去钓鱼，那一定有什么
原因。既然只有那些拥有渔船的职业渔民会去打鱼，
那其中也是有原因的。但我们从来没有多想一想。
事实上，我脑子里只想让管家马克太太啧啧惊叹，
因为她曾对我们的计划泼过冷水。而弗朗克，他应
该是有一点海明威情结吧。

　　于是，那天早晨，冒着噼里啪啦的大雨，我们把

钓鱼竿（长钓竿）和蚯蚓一起塞进了我们的汽车里。哦，还有！不好意思，还有一个准备装鱼的筐子。要把长长的钓鱼竿从车窗插进去难度还真不小，整辆车看起来像一个扎着大头针的线团。弗朗克打着瞌睡，油漆匠和我则心花怒放。海滩一片荒凉，冷飕飕的，有点恐怖。

一开始，单只为了把蚯蚓挂到鱼钩上，我们就困难重重。弗朗克声称自己的五脏六腑受不了这种恶心的东西，而我呢，一副不知所措的笨拙相，不懂该怎么安置这些鱼饵。亚斯克则早有准备。很快，他一本正经地举起胳膊，挥出他的鱼竿。我们专心致志地观察他的动作，以便迅速掌握他的技术（我已经说过——我想我是说过了——我对自己抓鲷鱼的往事已经没剩下多少记忆了）。只听一阵风呼啸而过，钓鱼钩掉在弗朗克脚下。亚斯克咕哝了几句，弗朗克不得不弯下腰去捡脚边的鱼钩。亚斯克豪放的动作，猝不及防地将鱼钩扎进弗朗克的胖拇趾上。弗朗克发出嚎叫。我赶忙帮他把鱼钩和鱼饵从他可怜的拇趾里拔出来，再给他缠上手帕止血。接着，我们手舞足蹈地折腾了整整五分钟：我们把钓鱼竿在头顶上甩来甩去，徒劳地想把那该死的细绳投进水里，然后发疯似的飞快卷线，以便再发起新的尝试。三个疯子。

差点忘了说，我们全都是光着脚在练习，而且还把裤腿小心翼翼地卷得高高的。鞋子啊袜子啊甚至我们的手表，被堆成一个小堆，扔在我们身后几步远的地方。我们太相信涨潮的时间，完全没有想到芒什海会整人，于是我们三个没心没肺的家伙还踩着水玩得开心得很。是弗朗克最先发现悲剧：他右脚的鞋子，悠悠从他身边飘过，去拥抱大海了。他一边骂一边去追它，就在这时候，他左脚的鞋子，陪着亚斯克的两只鞋子一起，冲上了浪尖。一时间大家都恐慌起来：我们赶紧扔了手中的钓鱼竿，跑去追我们的东西。这回，轮到它们奔向波浪里嬉戏了。而那些蚯蚓，解脱了束缚，扭着身躯自在地漂浮了十来分钟，然后消失在水里。我们丢了一只鞋、两只袜子、一副眼镜、一包烟和一根钓鱼竿。另外两根也已经彻底一团糟了。雨越下越厉害。就在二十五分钟以前，我们才踌躇满志地下车，来到这个海滩上，如今我们个个浑身湿透，受伤的受伤，受惊的受惊，还光着脚丫子。亚斯克被我们瞪得发怵，极力地想理清他的鱼线。弗朗克坐在一旁，一言不发，鄙夷地看着他。时不时地，他吮吮自己的拇趾，或者用两只手把光脚丫捂住取暖……我还试着抓回几条活着的蚯蚓。我冷极了。

"我看，够了。"弗朗克突然说。

他站起来，挺直了他的身板，蹒跚着走到汽车前，才瘫倒下去。我跟了上去。亚斯克捡回两根鱼竿，尴尬地发表着他的马后炮，说什么南斯拉夫海滨和地中海各有千秋，前者更适合垂钓，后者更适合出海打鱼。汽车散发着一股落水狗的潮湿气味。管家太太没有发表任何评论，由此可见，这次出征给曾经嬉皮笑脸的我们带来了怎样灾难性的打击。

从此以后，我再也没有在诺曼底钓鱼。亚斯克漆完了百叶窗，然后消失了。弗朗克买了一双新鞋。我们都不是运动的料。

穿着帆布鞋的死神

吕克把胡子刮得干干净净，不留一点胡楂。他今天穿的是一整套优雅的本白色西装，这是他迷人的妻子法妮从法国带回来的。他把庞蒂克敞篷车开得飞快，一路吹着口哨，向"神奇姐妹"工作室驶去。只是不知道为什么，有一点轻微的牙疼。

至今为止，吕克·哈默扮演吕克·哈默这个角色已有十年。也就是说，十年以来，他是（a）一个出色的男配角；（b）欧洲妻子的忠诚丈夫；（c）三个孩子的好爸爸；（d）一个优秀的纳税人，而且，在必要时，也是声色场所的好搭档。他会游泳、喝酒、跳舞、花言巧语、做爱、逃避、选择、占有、接受。他不过四十岁，电视屏幕上到处可以看到他那张讨人喜欢的面孔。而今天，就是带着这张面孔，他驱车前往比弗利山，更确切地说，冲着经纪人为他指定的角色而去。这个角色，不出意外的话，他将从

"神奇姐妹"的老板麦克·亨利手中得到。这不过是一次按部就班的会见，如同他按部就班的生活。而他自己也觉得，他就是个按部就班的人。在日落大道的十字路口，他犹豫了一下，点燃一支薄荷味香烟。他习惯在早晨抽上一支，这多少会让他觉得，大地和天空，阳光和灯光，都在鼓励他继续下去。继续供给番茄沙司、牛排和机票，继续为孩子、妻子、房子和花园支付账单，这是他十年前就预先选定的生活（同时选定的还有他的名字，他的教名：吕克·哈默）。一支香烟会不会让他身上某个可怕的疾病一发不可收拾，成为本年度各路小报八卦的对象？这支香烟，会不会就是压死骆驼的最后那根稻草？他，和他所有的医生，心里都有那么一个瓶子，再加一滴水，这个瓶子就会满溢成灾。这个想法让他吃惊了一秒，因为这个比喻似乎颇具原创性，而他并不习惯自己有原创性的想法。尽管拥有出众的外表和安定的生活，吕克·哈默却是一个谦逊的人。他甚至长期以来都认为自己是一个自卑甚至卑微的人，直到有一天，一个精神病医生——不知道他是比其他人笨，还是比其他人疯狂，抑或诚实——竟然告诉他，他的状况好得不得了。这个医生的名字叫洛朗，而且，他是个酒鬼。想到这件事，吕克微笑起来，竟下意识地把刚刚点燃的烟扔出了窗外。真遗憾，妻子没有看到这一幕。法妮真的是花了不少时间劝他节制喝酒，节制吸烟，以及，当然，节制性爱。其实，性爱，几乎已经从他们的关系中被驱逐出境了，自从吕克，更确切地说，是法妮的医生发现吕克有心搏过速的征兆。这毛病不危险，但会有影响，比如拍西部片或者是有漂亮的骑马镜头的电影，而这种电影未来几年应该还会流行。但是，这个禁律，这种对精神和肉体的双重禁戒，令吕克很不舒服，但法妮非常坚持；她反复解释说，他们已经当过爱侣了，用她的话说，是激情澎湃的爱侣，当她这么说的时候，一种神奇而可疑的记忆短缺就侵占了吕克的大脑——但目前，他不得不做出某些让步，他首先必须是托米、奥塞和凯文的父亲，他们，不用说，他们当然需要他来养活。他，带着那颗每一天、每一小时、每一分、每一秒都在规律跳动的心，就像一个小小的电器，典范、准时、忠诚，有如句号。他的心，不再是那只贪婪躁动、精疲力竭的饥渴动物，在被汗水浸湿的被褥中，宣告着他的震颤、癫狂与欢愉。他的心，如今只是一个输送血液的工具，让血液平静地，在同样平静的动脉中流动。平静得，就像一些城市的街道，恹恹夏日里的街道。

当然，她是有道理的。但这个早晨，吕克特别开心能够做回自己，能够在摄影机前双腿跨上赛马，大步丈量几千米的土地，在火辣的艳阳下一鼓作气爬上斜坡，而且，只要他愿意，他可以像现在流行的那样，在某个想出名的年轻女演员身旁伪装性高潮，面对五十个跟他一样身体毫无反应的工作人员。也算开心。

前面的障碍不多了。接下来，他只要先向右转，再往左，然后驶入大院子当中，把庞蒂克交给老吉米，在例行公事的寒暄和玩笑之后，和老亨利签下经纪人为他准备好的合同。配角，当然。不过，是一个非常好的配角，是芸芸配角当中，所谓有戏的配角。奇怪的说法，不是吗：有戏，也就是说，从前的角色都没有戏。他伸出手，自己都不由心生惊叹，这只手竟是如此齐整、干净、讲究、黝黑而性感，这还是得多谢法妮。美发修甲师两天前来过，多亏了法妮，还有她，他的头发和指甲的长度，不长、不短，恰到好处，非常得体。也许，只是他的见识短了点。

这个句子如五雷轰顶。像一剂毒药、一种 LSD 或者氰化物突然入侵了吕克·哈默的所有血管："见识短"。"我真的是个短见的人？"就像突然挨了一拳似的，他机械地把车靠右停下，熄灭引擎。这是什么意识，短见？很多聪明的人都认识他，甚至一些知识分子，还有作家，他们都为他骄傲。然而，这个字眼，短见，仿佛钉在他的双眉之间，这种感觉，真真切切地，让他想起二十年前，当他还是海员的时候，在火奴鲁鲁附近的海滩上，看到自己的女友在自己最好的哥儿们怀中时，目瞪口呆的感觉。当时，他的醋意也是这样清晰有力地刻在眉间。他想"看看"他自己，于是，他习惯性地压低后视镜，注视着镜中的自己。这就是他，英俊、阳刚，眼睛里有一缕红血丝，他知道，这是昨夜睡前喝的一杯多或者有两杯的啤酒所带来的。在洛杉矶华丽的阳光下，穿着淡蓝的衬衫，近乎奶白的全套西装，系着云纹领带，配上小麦色的肤色——一半归功于阳光和海风，一半归功于法妮找来的神奇仪器——他看上去实在非常健康，非常协调，他知道这一点。

那么，他干嘛像个傻瓜一样停在人行道边上呢？那么，他又是为什么，突然开始出汗，开始觉得口渴，觉得害怕呢？又是为什么，突然产生强烈的冲动，想要撞穿车玻璃，划破自己的皮肤，咬破自己的拳头？（直咬得鲜血在嘴里喷涌，是因为自己的鲜血，这可以让他有个很好的理由去感觉疼痛？总之，总归能有一个具体的理由……）他伸手打开收音机。一个女子在唱歌，也许是个黑人女子。或者，肯定就是。因为她声音里的某些东西令他稍许平静下来，根据经验和常理，他知道，那些黑人女子的声音，是这样的，当然，仅限于声音，因为，感谢上帝，他从来没有跟她们有过身体方面的接触（这完全跟种族主义无关，而且，恰恰因为无关，他才会这么想）。总之，通常而言，黑人女子的声音，蜜甜的、嘶哑的，总能给他带来灵魂的安慰。安慰他的孤独。这很奇怪。她们的声音改变了他——很明显——因为，与法妮和孩子们在一起时，他是任何一个角色，唯独不是一个孤独的男人。但是，这些声音里有某些东西，唤醒了他身上某种也许是少年时代的情感，久违的，混杂着沮丧、放纵和恐惧的感觉，再一次出现。那个女子在唱一首似曾相识的歌，有点想不起来，有点过时，他惊异自己会带着某种近乎于惊惶的焦虑在记忆中搜寻着歌词。也许他应该回头去看看他那个酒鬼精神科医生了，而且，到他那里后，他应该做个全面的检查——距离上一次的检查已经过去足足三个月了——而且法妮也说，他应该特别注意。性命攸关，比赛、竞争和职业的压力可不是闹着玩的。是的，他会去让自己做一次心电图，不过这会儿，他得先把车开动起来，让吕克·哈默重新开动起来，让配角先生，他的分身，他自己，他也不知道是谁的这个人，竭尽全力地开动起来。他得把所有这些都送到制片厂去。已经不远了。

　　"你在聆听什么？"收音机里的女人唱，"你在寻找什么？①"可是，老天，他怎么也想不起接下来的部分。他多希望自己想起来后面的歌词，这样就可

———————

① 歌词原文为英语：What are you listening to? Who are you looking for?

以关掉收音机。可是，他的记忆停滞不动了；而他知道，他曾经唱过这首歌，他对它烂熟于心。不过，他已经不再是十二岁的男孩子了，不会为了一首蓝调老歌的歌词而滞留在人行道边。再说他还有重要的合同要去签，而迟到是很不得体的，而且，还是个配角——在这座好莱坞之城。

他几乎要动用全身的力气，才终于再次伸出手，关掉了收音机，为了"杀死"这个唱歌的女人，这个女人也许可以是——他胡思乱想着——可以是他的母亲、他的妻子、他的情人、他的女儿。也就在同时，他才意识到，他全身都湿透了：他漂亮的白色西装、他的衬衣袖口，还有他的手，泛滥着令人惊恐的汗水。他快死了，他在一秒钟内意识到这一点，他惊讶自己竟然没有一点情绪的波动，甚至没有身体上的疼痛。收音机里的女人继续唱着歌，他不由自主地，任由自己那只刚劲的、修剪得体的手垂落在膝盖上，仿佛进入安详的梦境一般，他等待着无可回避的死神。

"喂！我说，喂，很抱歉……"

有人试图跟他交谈，这个世界上，竟然还有一个活人在呼唤他吕克·哈默。但是，白费了他彬彬有礼的个性和一贯的好脾气，这次的他，没有勇气转过头去回应。脚步近了，非常轻盈。真奇怪，难道死神是穿着帆布鞋来的吗？突然地，他的旁边出现了一张红棕色的、棱角分明的面庞，头发特别乌黑，声音特别洪亮——至少在他听来是这样的——不管怎么说，这声音盖过了收音机里那个异域女子熟悉的歌声。

他听到那个声音在说：

"真是太抱歉了，老兄，我没有看到您停在这儿，我的喷水器就开始喷射了，是要浇这些海棠……您全淋湿了，是喔？"

"没关系。"吕克·哈默说道——他立刻闭上了眼睛，因为对方一股辛辣的蒜味——"没关系，这倒让我清凉了许多。原来是您的喷水器……"

"是的，"浑身蒜味的男人说道，"这是个新装置，旋转轮超级强大。我可以在家里操作它。是我没留心，因为一般没人会经过这里……"

他看了看吕克那身湿透的西装，便可判定，这显然是个体面人。他没有认出他，当然：人们从不会当下就认出他，人们总是"之后"才认出他，当别人对他们说就是他，演了某部电影，某个角色的时候……另外，法妮对于向别人解释为什么他们要"之后"才能认出他，有一套非常好的说辞……

"反正，"那家伙说，"我很抱歉，嘿？不过，说真的，您窝在这儿干嘛呢？"

吕克抬起眼，又快速地垂下。他觉得羞耻，他也不知道为什么羞耻。

"没什么，"他说，"我只是停下来点支烟。我要去制片厂，您知道，就在附近。一边开车一边点烟，不安全，总之，不好，唉，我是想说……"

这时，蒜味男退后一步，笑了起来。

"好吧，咳！要是点根烟或者被水浇到就是您这辈子碰到的唯一危险……！您真是没遇过什么大事吧，嘿嘿？不过，还是得向您道歉。"

说着，他挥手一拍，不是拍在吕克的肩膀，而是拍在车顶上，然后离开了。他嘴角那一丝笑意刺伤了吕克。"这就是我，我，我什么都不能做，甚至连做爱都不能，我甚至连死的能力都没有，却以为自己就要死了，而且还是因为一个花园喷水器；这就

是我，浑身湿透，准备去好莱坞讨一个跑腿牛仔的
角色。我真是个小丑。"但是，在这一刻，他看到后
视镜中的自己，最后一次，他看到他的双眼浸满了
泪水，他想起了那首歌的歌词，那个黑人女子或者
白人女子唱的那首歌。他知道，他的健康完全没问
题，绝对没有。

五个月后，莫名其妙地，吕克·哈默，这位"神
奇姐妹"至今默默无闻的男配角，因安眠药过量，
死在一个无关紧要的应召女郎房内。没有人知道为
什么，也许，他本人也不知道。葬礼上，他的妻子
和三个孩子，架势庄严。

左眼皮

"海风"——不是风，是火车——穿过乡野。坐在火车上，靠着机舱舷窗一样密闭的车窗，三十五岁的贾洛德女士又一次对自己说，要是能住在塞纳河沿岸这些或朴素或奢华的小屋里，那有多好。这么想不奇怪，因为一直以来，她都过着辗转漂泊的生活；而所有漂泊的人生都梦想着平静、童年、杜鹃花，正如所有平静的人生都幻想伏特加、乐队和醉生梦死。

贾洛德女士长年在感情生活和花边新闻上"风生水起"。这天，欣赏着塞纳河的慵懒风姿，她戏谑地准备着在见到她的情人、里昂拍卖师夏尔·杜修时要说的话："亲爱的夏尔，对我来说，这是一段美妙而独特的情感经历。但是，必须承认的是，我们彼此并不般配……"这时，夏尔，亲爱的夏尔就会红着脸，语无伦次；而她，会在皇家大饭店的吧台边，高傲地伸出一只手——让他只能躬身亲吻它——然后转身消失，留下眼波、残香、柔板和回忆……可怜的夏尔，亲爱的夏尔，留着小胡子的老实人夏尔……他是个漂亮的男人，而且，还很有男人味。可是，怎么说呢，一个里昂拍卖师！他自己应该也清楚，他们之间不会长久。她，雷蒂娅·贾洛德，出生在英国西约克，先后嫁过演员、大官、农场主和董事长，她没理由最后跟一个拍卖师度过余生！……她立刻摇了摇头，又马上收住了。她受不了这种下意识的小动作，那些孤单的女人——还有那些孤单的男人们——在生活中，在大街上，在任何地方，暗自强化内心决定的时候，就会做这些小动作。她见过太多这样的小动作，比如撇嘴、皱眉、握拳头，这些小动作属于那些寂寞的人，无论他们的心理状况或者社会地位如何。她拿出粉盒，往脸上补粉，再一次挡住了那个年轻男人的目光。他跟她之间隔着两张桌子，火车从巴黎的里昂车站开动后，他的目光就一直在使她确信，她始终是那个美丽、温柔、可望而不可即的雷蒂娅·贾洛德。她最近刚与罗尔·贾洛德离婚，但仍与此人往来热络。

想想也的确有趣，所有深爱过她的男人，全都以拥有她为荣耀，并且都爱吃醋，但也从不怨恨她最后抛弃了他们；后来都还是好朋友。她以此为傲，但或许，在内心深处，这些男人都暗暗松了一口气，因为再也不用与她分担这种漫无止境的不确定性了……就如亚瑟·欧康纳利，她最富有的一个情人所说的，"谁都没法离开雷蒂娅，除非她主动离开你！"这男人，很富有，但也很诗意。说起她，他说："雷蒂娅，她是永远的木樨草、温柔与童年。"这三个词总是刺伤在她之后进入亚瑟生活中的其他女人。

菜单上花样繁多。她单手漫不经心地翻阅着，忽然看到一种吓人的食物，竟然在同一份汤羹里，混杂了疑似芥末酱芹菜、老龙利鱼和改良版烤肉之类的东西，然后是苹果苏芙喱、切片奶酪和香草圆球冰激凌。真奇怪，火车的菜单上似乎全都是这些八竿子打不着的搭配。想到哪天也许还会看到去头龙利鱼或诸如此类滑稽的东西，她突然笑了起来，然后向正对面那位老太太投去询问的一瞥。她明显是当地人，一个里昂女人，面色温和，一点点拘谨，非常老实。雷蒂娅把菜单递给她，那太太立刻摇摇头，微笑着把菜单推还给她，她那万分客气的样子让雷蒂娅意识到，尽管过了这么许多年，她看上去仍然是一个典型的盎格鲁-撒克逊女人。"您先来，"那位太太说，"您先来……""不不，我……一起看吧。"雷蒂娅怯生生地回应道（她听出自己有口音，在这种状况下，更加重了……）。"啊不。您觉得白葡萄怎么样？""是好。"她脱口而出。太迟了。那位妇人的嘴角已经挂上了体谅的笑容，体谅她的语法错误，而她，没有勇气去改正说出口的话。她酝酿着打趣的辞令，但很快又对自己说，竟然为这么小的事情紧张，真是愚不可及，还不如好好想想三个小时后要对夏尔发表什么样的演说。语法在情话当中根本无足轻重。只不过，根据她这么长时间以来使用法语的经验，词语的位置会完全改变句子的意思。由此，对一个男人说"我很喜欢您"还是"我喜欢您很久了"，与对他说"我永远爱您"还是"我永远只爱您"，句子与句子之间，有着千回百转的迷宫，对她而言，这是最难解决的，无论从情感的角度，还是从语法的角度。

火车以疯狂的速度飞驰。她想，也许应该在煎牛排、去头龙利鱼和半球冰激凌端上来之前，先去补补妆，洗洗手，梳梳头，然后再慢慢用一个小时进餐，迎接即将到来的人生。她冲那个里昂女人微微一笑，然后，迈着她倾倒众生的步子——中肯地说，在这趟火车上，是颠三倒四的步子——朝着自动玻璃门走去。门刷地分开了，她几乎是失去控制地扑进左边的盥洗室。她连忙插上门栓。这样很好，前进、速度、安静，太好了！但实在需要有钢铁般的手臂，野蛮人的动作，和杂耍演员的视野，才得以穿过一节行驶在巴黎和里昂之间的小小车厢，一九七五年的车厢。她突然羡慕起那些宇航员，似乎四平八稳地就抵达月球了，直接出舱，完全不用考虑梳洗更衣。返回地球时，也是一眨眼就在水里了，一眨眼，就受到欢快的水手们热情洋溢的欢迎。而她，火车到站的时候，等待她的，不是热情欢快的水手，而是一个醋意浓浓、闷闷不乐的拍卖师。但他完全有理由给她那样一张脸。因为，不管怎么说，她这样匆促而唐突地跑这么一趟，就只是为了跟他分手。

　　然而，这个涂着夸张的土黄色、充满消毒水味道的地方还不如车厢。至少，车厢里的棱纹布和金属包边，所有现代却过时了的装潢，毕竟还是在追求美感。洗脸池是圆形的，她一手握住水龙头，一手试着打开将倾的手袋。车快到第戎了，一阵阵的刹车，让她那摇摇晃晃的手袋在左右为难中敞开着口，一头栽倒在地上。她只好俯下身，蹲在地上收拾起来——还把脑袋撞到了洗脸池和其他什么东西的边缘上——她一会儿从这儿找到她的口红，一会又从那儿捡起她的支票簿，这儿是粉底盒，那儿是钞票；当她重新站起身来，额头都泛出了油光，火车才稳稳当当地停在了第戎。她总算有那么两三分钟的时间，可以从从容容地涂她的睫毛膏，不用让自己再像马塞尔·马索表演默剧似的手舞足蹈了。

　　当然，这是唯一没从手袋里蹦出来的小盒子，她焦躁地摸了好一会儿才摸出来。她从左眼皮开始涂。她的左眼比右眼受宠。她也不知道为什么，她所有的情人，所有的丈夫，都喜欢她的左眼胜过右眼，并且都这样告诉过她。"它显得，"他们说，"比右眼温柔许多。"而她总是乖巧地、安静地承认，她也这么认为。很有趣，看到别人眼中的自己。总是那些冷落她的男人，说她的乳房握在掌中有如维纳斯，也就是，说她性感难挡；总是那些令她百无聊赖的男人，称她活泼开朗；更悲哀的是，总是那些她真正爱上的男人，认为她只爱她自己。

火车重新启动，发出尖利的摩擦声。她一个踉跄，失手在脸颊由上往下划出了一道黑色的睫毛膏痕。她用英语在心里骂了句脏话，立刻又后悔了。毕竟，她将去见面并且要离开的，是一个法国情人。那么多年来漂泊在世界各地，贾洛德小姐已经习惯了用她情人们的语言来思考、感受甚至忍受。于是她当即更正过来，大声地，把同样的粗话用纯正的法语骂了一遍，然后收起她的睫毛膏，塞进手袋里，决定让那个里昂女人忍受她这个只化了一边眼妆的女人坐在面前。她随便梳了梳头，准备出去。

但她没能如愿。门一动不动。她不可置信地笑笑，使劲拉了拉门闩，再推一推门，终于相信，是有什么东西坏了。她哑然失笑。法国最时新最快速的火车，竟然在开门系统上出现瑕疵。重复试了六七遍之后,她目瞪口呆地意识到:风景仍旧在左边的小窗外连绵,她的手袋关得好好的,而准备要去吃那顿见鬼的套餐的她,被这扇门拦在了这一头,尽管那一头对她也并没有什么吸引力。

她再次摇晃门,又是推,又是拍,胸中一股怒火上涌,像火山爆发。她觉得自己仿佛一个正在耍脾气的幽闭恐惧症患者,但她可没有幽闭恐惧症。感谢上帝,这辈子她从没扯上这些时髦的怪癖:幽闭恐惧症、女性求偶狂、谎话癖、嗑药癖、中庸癖。至少她没这些毛病。但是此时此刻,突然地,她发现,她,雷蒂娅·贾洛德,在晴朗的九月早晨被司机送到巴黎的里昂车站,在里昂亦有个忠心耿耿的情人在苦苦等待,这样的她,竟然在火车上撞断了自己的指甲,怒气冲天地捶打着一扇跟自己过不去的硬塑料门。火车越开越快,她的身体晃动得厉害,最初的暴怒过去了,她只有听天由命,也就是,等待。她尴尬地合上马桶盖,坐在上面,并拢双膝,突然变得像个羞涩的少女,第一次坐在挤满男人的沙发上。滑稽的感觉。她看到镜中的自己,清楚地看到了自己:手袋像宝贝一样合拢在膝盖上,头发蓬乱，只有一只眼睛化了妆。让她大吃一惊的是，她发现自己的心跳得厉害，仿佛它已经很久很久没有这样跳动，既不曾为了这个可怜的、正在等着她的夏尔，也不曾为了那个可怜的洛朗斯——夏尔前面的那个——感谢老天，他不再等待她了。肯定会有人过来，从外面把门打开。可倒霉的是，此时所有的人都在用午餐，而法国人是从来不在吃饭的时间离席的，天塌下来也不会；他们一刻也放不下眼前的盘中餐、杯中物，和来来去去的侍者。没有一个人敢在这样不可取代的仪式当中擅自离岗，这是他们的每日必修课。她自娱自乐地踩了两次冲水闸，然后还是决定继续傻傻地，但是挺直腰板地坐在马桶盖上，并且试图继续把她的左眼和右眼化得一致。火车无与伦比的速度，让她足足花了十分钟才把眼妆补好。这时候，她觉得渴了，而且真是饿了。她再次用一只手试着推了推门，还是徒劳无功。好吧，不应该发脾气，应该耐心等候附近的人，左边车厢或者右边车厢的乘客，或者检票员，或者服务生，或者哪个终于想要来用这个地方的人，那样她就可以重新回到自己的座位上，坐到那个里昂妇人的面前，然后在心中默默准备给夏尔的演说稿。不过，既然现在她在这里，面对着一面镜子，为什么不现在就开始练习呢？于是，她对着 SNCF^① 列车上这面其貌不扬的镜子，盯住镜子里自己棕色的大眼睛和美丽的棕发，展开演说：

"夏尔，我亲爱的夏尔，我今天对您说出这番残酷的话，是因为我知道自己是一个太漂泊不定的人。我这样的人，让自己痛苦，也让其他人，包括您，为此痛苦。而我对您的感情，让我不愿意去想象，夏尔，倘若我接受了您温柔无比的请求，嫁给了您，那么，我和您，将很快陷入可怕的争吵与难堪的境地。"

左边的车窗外，是金色的麦浪，沿着黄绿相间的山丘，一路铺展。她感到自己的情绪随着演说在不断增强：

"是这样，夏尔，您的生活所及，是巴黎、里昂和我；而我，是巴黎和世界。您的中转站，是尚贝里；而我的，是纽约。我们的生活节奏不一样。我

———————

① SNCF：法国国家铁路公司的简称。

已历经沧桑。也许，夏尔，"她说道，"您应该找一个年轻的女孩，而我已不是。"

真的，夏尔是应该找一个年轻的姑娘来与他相配，像他一样温柔、忠贞，像他一样天真、淳朴。而她，真的配不上他。她的眼眶里突然盈满了泪水。她仓皇地擦去眼泪，霎时间，又一次看到自己坐在可笑的"板凳"上，糊了眼妆，张着嘴，孑然一身的样子。犹豫了一秒钟时间，她又开始笑了起来，然后自顾自地，又是哭，又是笑，没法停下来，也不知道为什么，一直紧紧地抓住专供行动不便的旅客使用的把手。她想到伊丽莎白二世，想到议会，想到维多利亚女王，或者任何同类型的人，坐在扶手椅上口若悬河，而面对的，却是无声无息、令人沮丧的听众。突然，她发现门把手自己提起来，又落下，再提起，再落下。她满怀希望地僵立在原地，手中的包仿佛随时要掉在地上。可之后，门把不再活动了，她这才震惊地意识到，刚刚是有人过来了，并且恰恰是以为，这地方正被别人使用，所以就默默离开了。她现在必须抓住时机。她叫出声来。为什么不求救呢？她可不想在这个逼仄的地方待上两个小时直到里昂。肯定是有办法的，总会有人经过这里，听到她的叫声。不管怎么说，即使让人笑话，也比待在这个无聊得让她快要发疯的地方好。于是，她大声喊起来，她先是叫"Help①！"声音嘶哑。然后，她才猛地想起自己是在法国，于是她大叫"Au secours！Au secours！Au secours②！"不知怎的，尖利的叫声让她自己都发疯似的笑了起来。她惊奇地发现，自己正坐在这个该死的"凳子"上，捂着肚子笑得岔气。看来，跟夏尔分手之后，她有必要跑到美国或者其他什么地方的医院去检查一下自己有没有精神方面的问题了……不过，这的确是她的错，她本来完全没必要独自旅行。"他们"总是这样对她说："别独自旅行。"总之，比方说，要是夏尔来接她的话——他曾在电话里恳求她的允许——那么此时，他肯定会在火车上四处找她，敲遍所有的门，而她也早就能被解救出去，品尝着龙利鱼配巴里葡萄酒，或者随便别的什么，就在夏尔那欣赏的目光之下，如此温柔，如此有安全感的，夏尔的目光。

---

① 英语的"救命"。
② 法语的"救命"。

一定是这样的，如果夏尔在这儿的话……

　　只是，正是因为她下的命令，夏尔此刻在里昂，但他绝对已经等在里昂贝拉什车站，手捧一束鲜花。他不知道他美丽的情人此刻正像一头小兽一样，被困在涂着瓷漆的四面墙内，而且他很可能将看到，从出口向他走来的是一个头发蓬乱、精神崩溃、失魂落魄的她。这鬼地方甚至连书都没得看！她的包里连本书也没有带！这个地方唯一可以阅读的东西在说的是：注意出去的时候不要走错门，不要跳到月台上。真搞笑，这警告可真是幽默！全部读完后，她更迫切想要从这个糟糕的地方出去，哪怕直接跳到月台上，而不是像现在这样：关在与世隔绝的笼子里，因为滑稽可笑的意外，被粗暴地剥夺了自由。十年以来，还没有任何人胆敢侵犯她的自由。十年来，没有任何人胆敢把她关起来。尤其是，十年来，每个人都曾不假思索地试图把她从某件事或是某个人当中解脱出来。但现在，她就像一只老猫一样孤独。她狠狠地踹了一脚门，把自己撞得生疼，弄坏了她那双新买的圣罗兰薄底皮鞋，却什么也改变不了。她缩起脚，颓然坐下，惊讶地发现自己竟然在用呜咽的声音喃喃叫着："夏尔！哦夏尔！"。

　　当然，夏尔这个人，也有不少缺点：他爱吹毛求疵，他的母亲实在无趣，他的朋友也很无聊；而她，她可认识不少更开朗、更英俊、更精彩的男人。但不管怎样，如果夏尔此时在这里的话，所有的火车的所有的更衣室的所有的门，都会早早就被打开，他会用他那猎犬一般的眼睛注视着她，把他那双既修长又粗糙的大手，放在她的手上，对她说："您没有被吓坏吧？别为这件破事儿不开心，好吗？"他甚至还会责怪自己出现得不够快，也许还会声称要起诉 SNCF。因为他是个疯狂的人，本质上是，尽管他看上去一丝不苟。一句话，他不能忍受一切令她不愉快的事情发生。夏尔是那种为她欢喜为她愁的男人，仔细想想，这样的好男人不多了。倒不是说，她缺少爱护她的男人。爱护，这个概念太空泛，而且因人而异。但是总的来说，这世上真的缺乏懂得爱护女性的男人。她所有的女性朋友都这么对她说，而实际上，也许她们说得没错。爱护女性，那是老派人的信条，但并不赖。如果此番同行的人是洛朗斯，没有看到她回来的话，应该是会认为，她已经在第戎下了车，去找另一个男人了；如果是亚瑟，他会想……他根本就不会想什么，他会一直喝酒喝到里昂，期间可能会向侍者询问两三次；总之，惟有夏尔，系着条纹领带、面无表情的夏尔，会掀翻整列"海风"去寻找她。是的，很遗憾，很快就要跟他分手了。想到这里，真觉得疯狂。她三十六岁了，二十年来她的世界全都围绕着男人们——她的男人们——打转，他们的嗜好、他们的经历、他们的女人、他们的抱负、他们的忧愁、他们的欲望。而现在，在这列火车上，以这样滑稽的方式，被一根不听话的门闩困在这里，她却突然意识到，只有一个男人，会伸手拉她一把，而偏偏正是对这个男人（她是因为他才坐上这列火车，这列向他驶去的火车），她将要决绝地说出，她不需要他，他也不需要她！老天啊！就在一个小时之前，在她登上这列火车的时候，她还对此是那么确凿无疑！而且，她也曾那么确凿无疑地告诉阿希礼，她的司机，在明天早上的同一时间来接她，"重获自由"的她（当然，她没把这个词说出口）。就在今早，她已经愉快地想象着她回到巴黎的样子，独自一个人，自由自

在，没有谎言，没有责任；再也没有义务等待来自
里昂的电话，不用为了里昂男人随时会到来的可能
而拒绝一顿美妙的晚餐，不用因为这个里昂男人在
身边而生硬地取消一场特别的约会……是的，那天
早晨当她在家里醒来，她的心中充满了突如其来的、
矛盾的狂喜。一方面，是为乘坐火车穿过美丽的法
国原野而欢欣；另一方面，残酷的一面，是为了能
够快刀斩乱麻。她的这次出发，正是为了去告诉一
个人，她是怎样的磊落果决。磊落果决地，让他失
去她。她这样一个容易欢喜的人，身上却总有那么
一股残酷；然而此时此刻，这位蛇蝎美人，却被一
把门闩困住，变成了一幅脏兮兮的漫画，她的脸孔，
在列车浑浊的镜子里，恍如支离破碎的拼图，而让
它支离破碎的，不是纵横交错的命运或往事，而是
她又哭又笑时，纵横交错的泪水。

又过了一段时间，忽然有好多匆匆而来的人，或
者是女人——怎么知道的？——过来摇晃她的门。
她冲她们大喊"Help!"或者"Au secours!"或者
"Please!"，声嘶力竭。她想起她的童年、她的婚

礼、她本可拥有的孩子、她曾经拥有的东西。她想起海滩上的零碎细节、夜色下的私语、唱片、蠢事，她甚至还不忘幽默地想，世界上没有哪间精神病室，可以比从巴黎开往里昂的列车上的头等车厢里的被锁上的厕所更有效果。

车过夏龙之后，她终于脱身出来。她甚至都没有想过对救她出来的人——那位里昂夫人——提起，她在里面待了多长时间。她一如既往地，带着完美的妆容，和完美的从容，在里昂下了车。而在月台边哆嗦了快一个小时的夏尔，对她的青春洋溢惊为天人。他向她奔去，他认识她以来，这是第一次，她扑向他，把头枕在他的肩上，对他说，她累了。

"这火车还算很舒适吧。"他说。

她含含糊糊地低声应了句"是的，当然"。然后，转过头，面对着他，给了一个把他变成全世界最幸福的男人的问题：

"您希望我们什么时候结婚呢？"

小狗之夜

辛内斯特先生像极了夏瓦尔的漫画人物，胖乎乎的身材，迟钝的神态，但很面善。可是，刚进入十二月，他的脸上就一直愁眉不展，以至于所有路过的人都会忍不住想上前问问他为什么。他的烦恼来自即将到来的节日。辛内斯特先生，虔诚的基督徒，眼看着年关将至，却没有一分钱能交给辛内斯特夫人过节。他们那个无所事事的儿子查理，还有他们的女儿，出色的卡利普索舞者奥古斯塔，都渴望能得到礼物。身无分文，这就是惨淡的现实。既没有加薪，也不能借债。因为这两项得来的钱，都已经在辛内斯特夫人和孩子们不知情的情况下，被这个本该养家糊口的辛内斯特先生，拿去满足自己的新嗜好，灾难性的嗜好：赌博。

那不是一般的赌博，不是在金光闪闪的绿色赌桌上，也不是在万马齐飞的绿色赛场上，而是一种在法国还默默无闻的游戏。然而不幸的是，它在十七区的一家咖啡馆里很流行，而辛内斯特先生习惯每天晚上回家前都在那里喝上一杯红色马提尼。那是一种飞镖游戏，使用吹管发射，赌千元法郎纸币。这里所有的常客都为之疯狂，只有当其中有人不得不停下来喘口气时，他们才肯放手。一个不知名的澳大利亚人把它带进了这个街区，这个令人激动的游戏很快就聚集了一群死忠的俱乐部成员，他们盘踞在咖啡馆的后厅，那间小小的桌球室被狂热的老板贡献出来，成了他们的赌场。

总之，辛内斯特先生在这里倾家荡产，尽管刚开始的时候，他还颇被看好。怎么办？还能向谁借钱来买手提包、滑板车和电唱机？他知道自己必须给家人买这几样东西，他们已经在饭桌上清楚地暗示过他了。日子一天天滑过，一双双期待的眼睛已经预先闪着兴奋的光彩，天也愉快地下起雪来。辛内斯特先生的脸色越来越难看，他真希望自己能病倒。但又有什么用呢？

二十四日的早晨，辛内斯特先生走出家门，背后是三双托付重望的眼睛。辛内斯特夫人还没有嗅到礼物的迹象。"他会及时买好的。"她有点酸酸地想，但一点都没有担心。

走在街上，辛内斯特先生三次伸手用围巾裹住自己的脸，这动作让他突然想到抢劫。还好，这个念头立刻被他赶走了。他迈着熊一样沉重的步子，拖拖拉拉地走着，走到一个长凳前停了下来，雪花很快就把它变成了一座冰山。想到烟斗、牛皮公文包和红色领带（而且非常重要），想到一家人都在等着他，他的心情坏到了极点。

几个行人经过，脸蛋冻得通红，不停跺跺脚，手里抓满了袋子或盒子，他们一定都是当父亲的，他们对得起一家之主的称谓。在离辛内斯特先生两步远之外，一个利穆赞女人停住了脚步；这位绝色美人，牵着两只小狗，坐了下来。尽管也算是个美女爱好者，辛内斯特先生这会儿却一点想法都没有。但很快地，他的目光移到了那两只小狗身上，电光石火间，一个念头闪过脑海。他用力拍掉积在膝上的雪，噌地站起身来，帽子上的雪纷纷落进他的眼睛和脖子，他发出一声低呼。

"去认领处！"他叫道。

认领处是个相当凄凉的地方，一大堆或哀伤或躁动的狗有点吓到了辛内斯特先生。他终于还是选中了一只品种和颜色都含糊不明的狗。不过，怎么说呢，它有一双明亮的眼睛。辛内斯特先生觉得，一双特别明亮的眼睛，应该可以替代手提包、滑板车和电唱机。他立刻为他的新发现赐名梅朵儿，然后，用一根绳子牵着它，走到了大街上。

梅朵儿的欢快溢于言表，它一个劲儿地跳着叫着，让辛内斯特先生惊愕地领教到动物的充沛精力。他发现自己根本就是被它拖着一溜小跑（而很长时间以来，奔跑这个词，已经不能用在辛内斯特先生身上了），终于差点撞上一个路人，对方还嘟囔地骂了句"肮脏的畜生"。变成了滑水选手的辛内斯特先生想，也许还是松了绳子，自己回家去比较好。可是，梅朵儿扑在他身上，汪汪直叫，又蹦又跳，它脏兮兮的淡黄色皮毛上落满了雪花，那一霎，辛内斯特先生忽然想到，已经有很久很久，没有人用这样的目光看着他了。他的心都快化了。他蓝色的眼睛望着梅朵儿栗色的眼睛，目光交汇的一刹，有那么一股难以言说的柔情。

　　梅朵儿先镇静下来，继续出发，于是他们又开始一路小跑起来。辛内斯特先生模模糊糊地想起当时梅朵儿旁边还有一只虚弱的短腿猎犬，他连看都没有看它一眼，因为他觉得，狗就应该膘肥体壮才对。现在，他几乎在往家的方向"飞奔"。不过，到家之前，他俩先在一家咖啡店停留了一分钟。辛内斯特先生要了一杯格罗格酒，梅朵儿也得到了三块糖，是店老板可怜它，送给它的："这样的天气，这可怜的畜生甚至连一件小外套都没有！"辛内斯特先生只好支吾着，没有回答。

　　梅朵儿吃了糖，精神大振，可它却是辛内斯特一家的不速之客。辛内斯特夫人打开门，梅朵儿一哧溜地钻了进去，辛内斯特先生一头扑向妻子的怀里，累得直喘气。

　　"这，这是什么东西？"

　　辛内斯特夫人猛地尖叫一声。

　　"这是梅朵儿，"辛内斯特先生说道，然后，无力地补充了一句，"圣诞快乐，亲爱的！"

　　"圣诞快乐？圣诞快乐？"辛内斯特夫人激动得喘不过气来，"你究竟想说什么？"

"今天不是十二月二十四日吗？"辛内斯特先生大声说道，温度和安全感又重新回到他的身上，"是这样的！为了庆祝圣诞，我送给你，我送给你们，"他重复了一遍，因为孩子们也从厨房里钻出来，瞪大了双眼，"我送给你们梅朵儿。就是它！"

然后，他快步回到自己的房间，一下子瘫倒在床上，掏出烟斗。这是一战时期的烟斗。"它可是饱经风霜呐"，他总喜欢把这句话挂在嘴边。他颤巍巍地，在烟斗上塞满烟丝，点燃它，然后把腿伸进棉被里，等待突袭。

辛内斯特夫人脸色煞白，煞白得让人恐怖——辛内斯特先生在心里偷偷地想——立马就跟进了房间。辛内斯特先生的第一反应是——躲起来：他试着整个人缩到棉被里面去……只剩下一缕可怜的头发和烟斗的白烟躲不进去。但这样已经足够令辛内斯特夫人暴怒了：

"你给我说说，这只狗，这只狗是怎么回事？啊？怎么回事？"

"它是一只弗兰德牧羊犬，好像。"辛内斯特战战兢兢地说。

"弗兰德牧羊犬？（辛内斯特夫人的语调随着怒气一起抬高了。）那你知不知道你儿子想要什么圣诞礼物？还有你女儿？我，我知道自己算不了什么……但是他们呢？你就给他们带来这么一只丑八怪？"

就在这时，梅朵儿进来了。它跳上辛内斯特的床，挨着他躺下，用自己的脑袋顶着他的头。辛内斯特先生的眼睛一下子涌上感动的泪水，幸好有棉被帮他挡住了。

"真臭，"辛内斯特夫人说，"你至少确定过，这只畜生没得狂犬病吧？"

"你是说它，还是说你自己？"辛内斯特先生冷冷地说。

这句反驳气得辛内斯特夫人掉头就走。梅朵儿舔了舔主人，然后睡着了。午夜，辛内斯特的太太和孩子们都出门做午夜弥撒去了，招呼也没跟他打一声。他心里有点儿不痛快，十二点四十五分的时候，他决定带梅朵儿出去遛五分钟。他套上厚围巾，慢腾腾地向教堂方向走去，梅朵儿一路上把每户人家的大门都嗅一遍。

教堂里塞满了人，辛内斯特先生怎么也推不开门，于是就等在门廊外面。天下着雪，他用围巾裹住了半张脸，虔诚的赞美歌在他的耳畔回旋。梅朵儿使劲地扯着绳子，他只好坐下来，把绳子系在脚上。寒冷和忧虑一点一点地钝化了辛内斯特本已糊涂的脑子，他甚至有点忘了自己为什么坐在这里，直到饥肠辘辘的信徒们急匆匆地从教堂里涌出来，他才猛地一惊。他还没来得及站起身，解开绳子，就听见一个年轻人的声音叫了起来：

"哇！好可爱的狗！哦！可怜的人！……等等，让-克洛德。"

一枚五法郎的硬币落在辛内斯特先生冻僵的膝盖上。他结结巴巴地想要说点什么，那个名叫让-克洛德的，一脸同情地又给了他一枚硬币，祝福他过个愉快的圣诞节。

"可是，"辛内斯特先生语无伦次，"可是，这个……"

我们知道，慈善这种事是会传染的。信徒也好，非信徒也罢，所有从教堂右侧门出来的人，都摸出几个铜板施舍给辛内斯特先生和梅朵儿。像雪人一样僵硬的辛内斯特先生几次试图拒绝他们的好意，都被无视了。

从左侧门出来的辛内斯特夫人和孩子们直接回到了家里。辛内斯特先生随后也到了。他请他们原谅自己下午开的玩笑，并给了每个人一份够买他们想要的礼物的钱。午夜弥撒后的晚餐吃得非常愉快。然后，辛内斯特先生挨着填饱了火鸡的梅朵儿睡下了，他们俩都睡得很香。

罗马分手

　　这次的鸡尾酒会，是他邀她去的，这也是最后的一次。她本人并不知情。这个布朗蒂娜 ①，他要把她送到狮群中去：他的朋友们。

　　这个无趣却挑剔、追求风雅却淡而无味，而且也不性感的金发女人，今晚，他要甩掉她。这个决定（说不上是经过深思熟虑，但这是他在海滩上，在罗马的海滩上发火的那一刻下的决心），这个决定，他终于，在两年之后，要付诸实践。卢伊吉，这个永远在孜孜不倦地参加聚会、迷跑车、追女人和干蠢事，但却对生活中的一些事极度懒怠拖沓的男人，决定向他的情人提出分手。稀奇的是，为此，他还需要有他那群冷漠、欢快、阴险、可爱、友善、热

————————————

① 布朗蒂娜（Blandine）是里昂的女殉道者，卒于公元177年。里昂（Lyon）与狮（Lion）发音相同，萨冈在这里玩了个文字游戏。

情、被他称为"哥儿们"的狐朋狗友在场。三个月以来，他们看着他心烦、疏远、恼火，总之，一步一步地，在心理上离开那位无趣的英琦。

无趣的英琦在很长一段时间里，曾是这儿最美丽的女人，最美丽的"罗马客人"。而且，他的朋友们也曾引以为豪地说，她是卢伊吉最美丽的情人。

然而两年过去了，很多东西都会过时的，谁知道呢。此刻，心烦气躁的卢伊吉正驾车载着这个仍旧美丽——但他已经不放在眼里——的金发的英琦，去参加鸡尾酒会，用来分手的鸡尾酒会。甚至他自己，都好奇地想知道，究竟在多大程度上，他想离开的，已不是这个女人本身，而是这个女人的幻象。他想离开的，不是一具身体、嘴唇、肩膀、臀部、脚，所有这些在他们相处的日子里曾经令他迷恋甚至崇拜的肉体（他可是个好色的男人），他要离开的，是一个变成了符号的形象，是一遍遍重复的回声："英琦，你认识她？卢伊吉的那个女人。"而当他在罗马的街道上开着车，无论他怎么告诉自己，她是一个跟他一样有血有肉的人，他还是觉得跟他同行的，只是一张旧照片，一张全身照，穿戴整齐，安放在他的旁边，稀里糊涂地跟着他开往未知的旅途。其实，这趟旅途早在两年前就开始了，并且，它将在今夜终结。

他远离她，离这个瑞典女人远远的，去跟自己的意大利朋友待在一起：他的圈子，他的朋友圈子，他的教友，他的帮手，他的兄弟。说真的，他自己也不太清楚，为什么想在今晚结束关系，也不清楚为什么需要让所有人都知道。这也许来自尼禄帝国之后的一千年里，依然充斥在罗马空气里的古怪的宿命论和虚伪的道德观。事实上，当他开着漂亮的敞篷跑车，潇洒地拒绝系上安全带，卢伊吉就已经毫不犹豫地把他的宗教信仰喂给野兽吃了。总之，他要抛弃他的情人，并且要把这事闹得足够大，不留任何回转的余地。这个男人并不是懦夫，但却在他的小圈子里染上了某种可怕的孤独感，他已无法习惯独处，他赤裸裸地需要获得他人的肯定。他人，可以是聪明人或者笨蛋，可以是铁石心肠或者柔情蜜意，可以是猎手或是猎物，总之，是"他人"，终日游荡在大街小巷，游荡在他们的城市：罗马。他们自己已是中毒不浅的病人，在恶习、纵欲、健康，以及偶尔的柔情之间勉强地寻找着平衡。英琦降临到他们中间，就像一个漂亮的物品，金头发、蓝眼睛、高挑身材，特别优雅，于是立刻就变得很抢手，像头奖一样抢手。是他，卢伊吉·德·桑托，三十岁的罗马建筑师，有着漂亮履历和美好前程的男人，得到了这个头奖，他把她带回家，把她放到床上，享尽她的爱呓——甚至尖叫；是他要求这个北方女人满足南方男人的需要。不过他没有任何怪癖；卢伊吉是个相当愉快而阳刚的男人。可是时间，无所不能的时间，让热恋的激情随之消逝：英琦不开心了。斯德哥尔摩、哥德堡的名字开始越来越频繁地出现在她的谈话中，而他，甚至极少倾听她说话。他工作很忙。而今晚，他将要背弃她，他将变成《奥赛罗》中的伊阿古，他自己都为此惊颤。不管怎样，这个女人，这个形象，这个身体，这个命运，总之，一个小时或两个小时之后，他就要将它们抛弃，未曾真正了解，就要抛弃了。至于她会怎么做，他并不担心，当然不——因为，跟一个愉快、大方、有点疏离的男人生活两年，不至于促使一个更愉快、更大方、更疏离的女人去自杀。她一定会出发前往另一个意大利城市——或者去巴黎，很少会有机会让自己想念他，或者让他想念她。他们只不过是"共同生活"过，"共存"着，就像两张图片、两个剪影——由他们所生活的圈子而非他们自己绘制而成；他们在现实中扮演着没有剧场的戏子、不是漫画的脸谱，和没有感觉的情人。他，卢伊吉·德·桑托，拥有一个名叫英琦·英格博格，北欧雾气一般的年轻女子作为情人，这样很不错。他们互相吸引，互相支持，然后在两年后离开对方，这样也很不错……

她打了打哈欠，转过头，用她一贯平静的声音问他今晚"会有谁"，两天前她就这么问过，她淡淡的口气令他恼火。而当他微笑着回答"还是那些人"时，她的脸上突然流露出一丝失落。也许，她以为这种应酬可以结束了，也许她自己也开始想要摆脱，想要逃离，逃离他？想到这里，一股原始的男性本能在卢伊吉的身上苏醒。他想，如果他愿意，他可以为她做任何事：照料她，满足她，让她生十个孩子，围绕着她，并且，爱她——何尝不可呢。这个念头让他不由笑了起来。她转过头，对他说："你很开心吗？"她的语气更多的是质询，而不是开心。她的语气令他吃惊。"不管怎么说，"车经过纳沃那广场的时候，他对自己说，"总之，她肯定猜到些什么。卡拉给我打了半个小时电话，还有吉安娜和安伯托；虽然她从来不听我讲电话——另外她也不会听出来，可怜的女人（尽管她的意大利语说得很流利）——她还是应该意识到发生了点什么。女人的直觉不是很厉害么。"突然地，这样把她归入女人的行列，归入那些先是令别人不能自拔，而后自己变得不能自拔的女人们的行列，归入一九七五年的女性的行列，他感到安然一些。这个女人，他没有亏待她，他没少跟她做爱，他带她去海滨、去林间木屋度假，带她去参加聚会，他始终积极地在身体上保护她，也始终积极地——同样是在身体上，尽管是指另一个意义——攻击她。她从来没有直接回应过他，他们之间没少说过"我爱你"，他们各自口中的"我爱你"，往往出于欲望而不是出于感情，但这些，都不要紧。不管怎样，就像古朵和卡拉在电话里说的，总算是时候结束了：他在困住自己！一个像他这样有魅力，有身份，这样独一无二的男人，不应该跟一个瑞典女模特牵扯两年之久。而他们，他可以相信他们，他们很了解他。他们了解他胜过他了解自己。这一点，他从一开始就深信不疑，从他十五岁开始。

晚宴别墅灯火辉煌。卢伊吉带着伤感的嘲弄想，英琦对罗马最后的记忆应该是富丽堂皇的。红色或黑色的跑车在雨中缓缓行驶，忠诚可亲的大管家撑着彩色雨伞奔忙，磨白了的石阶带着历史的沧桑感，而在屋内，女人们穿着华美的衣裙，男人们，则是那么急迫地想为她们脱去。然而，当他挽起英琦的手臂走上台阶时，他忽然觉得难受，就像把某人带进了斗牛场，不是去当观众，而是去当猎物；就像是把一个纯洁的人儿带进一场荒淫放荡的游戏，一场她并不了解的游戏。

眨眼间，卡拉就出现在他们中间（而不是他们面前）；她简直是猛扑向他俩。她笑着看着英琦，还有他。然后她立刻笑了。

"我亲爱的，"她说，"我的小乖乖，我正担心你们呢。"

他连忙献上贴面吻，英琦也上前吻她，然后他们穿过房间。他很了解罗马，了解这里的沙龙。出现在他俩面前的这些陷阱，让他更加确信了他的预见：

所有人都听说了，所有人都在等着他们的出现，所有人都知道，他，卢伊吉，今晚将要开开心心、掷地有声地提出分手，和那个超级美丽但是拖得太久的情人，那个名叫英琦·英格博格的瑞典女人。

她似乎什么也没发现。她的手紧紧挽着他的胳膊，她跟那些老朋友们打招呼，她走向冷餐台，从容不迫地，像每次参加聚会那样，喝酒、吃东西、跳舞，然后，回去之后，做爱。不多，也不少。他突然发现，虽然固定的程序总能"不多不少"地走完，但要是想再"多一点"，则都要靠他主动。

她漫不经心地喝下一杯伏特加开胃酒，卡拉殷勤地劝她再来一杯。不知不觉地，朋友们开始聚集在他俩的周围，环成一个半圈，残酷得像舞台上恶趣味的编舞。他们等待着，但是他们在等什么呢……等着他对他们说，说这个女人令他厌倦，说他扇她耳光，说他跟她做爱吗？说什么？事实上，他也不知道，为什么在这个阴云密布、雷雨阵阵的罗马秋夜，他必须向所有这些面具们（如此熟悉又如此陌生），向他们解释他是如何刻不容缓地需要离开英琦。

他记得自己曾经说过："她不是我们的同类。"但是，看看环绕在身边的"同类"，混杂着豺狼和虎豹、秃鹫和野鸡，对，他不得不承认，自己的脑中浮现的是这些词汇。很奇怪，也许是这些年来第一次，面对这个年轻美丽的金发女子，这个来自瑞典的北方女子，这个性格独立但是与他同床共枕的女人，他第一次觉得，自己与她，是休戚与共的。

约瑟佩来了，他总是那么帅，那么快活。他像演舞台剧似的捧起英琦的手吻了一口，他那戏弄的姿态令卢伊吉吃了一惊。然后卡拉又过来了。她特别殷勤地询问英琦是否看了维斯康蒂最新的电影。接着阿尔多突然出现了，插到他们中间，抢着对英琦说，他在奥斯塔附近的乡下房子永远恭候她的大驾光临（阿尔多总是太心急）。再然后是玛丽娜，逢场作戏的女神，她也凑了过来，一手搭着卢伊吉的衣袖上，一手放在英琦裸露的胳膊上。

"我的老天，"她说，"多漂亮的两个人儿！你们实在是天造地设的一对……"

看客们屏住呼吸，按西班牙人的话说，斗牛开始了。但是那头公牛，无趣的英琦，安静地微笑着。

很明显，人们在等待着任何一个蛛丝马迹，等着看卢伊吉的好戏。他的朋友们等待着他，但他毫无感觉。他做出一个很意大利的手势，意思是说，"算了吧"或者"谢谢了"。卡拉有点失望，毕竟他曾经保证过要上演一场悲喜剧，说今晚就是分手之夜，不管在什么场合。卡拉再度展开攻势：

"真是热死人了，"她说，"亲爱的英琦，我想，你们那儿的夏天应该凉爽得多吧。对了，如果我没记错的话，瑞典是在北方，你说是不是啊？"

约瑟佩、玛利亚、古朵，还有其他人，全都爆笑起来。但卢伊吉实在不明白，提起瑞典在意大利北边这事儿有什么好笑之处。刹那间，他忽然意识到，卡拉并非单纯地想幽上一默。他极力想撇开这个令人不快的想法，就像在他很小的时候，他在都灵和神父们生活在一起的时候，他总是闭起耳朵不愿听他们谈论什么孤独的快乐。

"瑞典自然比意大利靠北。"英琦平静地回答她。她淡淡的语调让她所有的语言甚至行为都显得完全不带感情。但这样却令有些人觉得滑稽不已，集结在冷餐台旁的人群中，有人爆发出一阵笑声。

"严峻的时刻到了，"卢伊吉心想，"他们所有人都在等着我用难听的话跟她说拜拜，而且，我还非做不可。"

……可是英琦抬起她那双淡紫色的眼睛望着他——这双淡紫色的眼睛曾令她一到罗马就大受欢迎——然后，当着全世界的面，冒出这样一句让人大跌眼镜的话来："卢伊吉，我觉得这个宴会好无聊。你带我去别的地方，好不好？"

一声惊雷滚落，水晶灯叮当作响，围作一团的"侍应生"们四散开去，"吉娃娃"们呆若木鸡，而卢伊吉明白了。在他们两个人之间，忽然产生了一种人称"灵犀"的东西，他俩目光相交，在这个女人纯净得不含任何杂质的淡紫色眸子里，不再是刚才那个天真的问题，而是斩钉截铁的确认，她是在说："我爱你，笨蛋。"同样的，在这个疲倦的罗马男人棕色的眼睛里，是天真的问句，来自一个男人的、却带着孩子气的提问："这是真的吗？"顷刻间，天旋地转。那些情景，那些人，那些主意，那些计划，甚至究竟要怎么结束这场晚宴，都被抛诸脑后。那些"朋友们"仿佛突然全都倒挂在天花板上，蜷缩着，像冬天的蝙蝠。人群仿佛不复存在，只剩下一条凯旋的大道，通往他的敞篷跑车，而罗马一如往常的美丽曼妙。罗马就是罗马，爱情就在罗马。

街角咖啡馆

"真可笑，"他从那个大实话医生的诊所出来，一边下楼梯，一边自言自语，"我这双脚真是可笑。它们正僵硬地走下这条窄窄的楼梯；它们正僵硬地走向那个板上钉钉、不可思议的死亡。"

他的脚，他自己的这双脚，他曾看着它们敏捷地在女人们的双足之间划着舞步，也曾看着它们安闲地在沙滩上晒日光浴。而此刻，他带着某种程度的憎恶、恐惧和惊讶，看着它们，看着同样的这双脚，走下那位太过诚实的大夫家的楼梯。死亡实在是件太没道理的事儿。他，马克，他不能死。大夫的目光停留在他的照片上（确切地说，是他的身体的照片，他身体的某个部位的照片——反正他也不想知道是哪个部位——在他看来那是见不得人的照片，人家管这叫做 X 光照片），他们之间的空气微妙而尴尬。X 光照出的，是一个灰蓝色的缺口，怪异、丑陋。马克难以相信，刚才那个因为迟到而气喘吁吁地爬上楼梯，还在为心脏担心的自己，在短短半个小时之后，会是这样安安静静、面如死灰地走下这条楼梯，心中一阵澄明，一阵混沌。一切只发生在那半个小时里，面前那个礼貌而冷静的大夫，面带遗憾地，用他平淡的声音热心地告知他："三个月。肺部，您知道的……"谁会设想或是希望过自己命在旦夕呢？"我，我，我要死了。"面对这个事实，马克感觉自己的脸上已经失去了血色。

不过，是他自己逼得那位大夫据实以告的。在欧洲，这会儿其实还并不流行对当事人坦陈病情。但他说他与妻子已经离异，他的父母更顾不上他，他那几个孩子则完全对他置若罔闻。也许，是看在这样一个混乱的情形上，大夫才给出了如此明确的宣判。也许，那些医生们即使看到所谓的悲剧，也还是会厌烦这些微不足道的顾客吧？没错，他是个微不足道的人。感谢上帝，肿瘤的位置还不赖。有些肿瘤长得很滑稽：它们驻扎在皮肤上，驻扎在身体的各个位置。而他的则恰到好处：他会在三个月内就死去，很经典地，死于肺癌。他开始轻声笑了起来，感到年轻、欢快，微风拂面。然后变成了纵声大笑，甚至带着胜利的意味，因为他原本还以为自己得的是肠癌呢。那毛病（他还并不了解，尽管他自认为得的就是它）就更难启齿了。如果是那样的话，他得用什么比喻来遮掩那个丑陋的器官，那个一提起就让所有人都会想到腹泻和传染病的器官？他已经是不幸中的万幸。他甚至一次都不需要解释，不需要了断；如果他不行了，他只要说："我要死了。"他不需要像通常的情况下那样，对人解释说："如果我离开了你，是因为这个原因离开的。"或者："如果我走了，是因为那个原因走的。"而所谓"这个原因"和"那个原因"，都是假的。难得这么一次，他不再需要小心翼翼地藏起他脆弱的神经和强大的虚荣心；他甚至连自己的死亡都不需要解释了。

他走下楼梯最后一个转角，突然地，生命，大写的"生命"，从门槛外扑面而来。他霎时愣在原地。外面，阳光是那样灿烂，而他看到的是在黑暗中哆嗦的自己，黑暗里，一间间躺满病人的房间，劝慰的友人，沉思的医生。而太阳真是一朵美好的向日葵，令人抱憾。也许就是在这一刻，马克有生以来第一次，刹那间拥有了勇气，真正的勇气。他像疯子一样冲到人行道上，他看到林荫大道，看到生活，看到城市，他骤然停在那里，停在人行道旁，仿佛瞎了、聋了，然后，他才安安静静地向街角的咖啡馆走去。这个咖啡馆，之前他从来没有留意过，但印象里始终都有它的存在；想到这，他也才意识到，这个"始终"，其实也只不过只有三个月的时间了，这一切是多么可笑、可憎，充满戏剧和讽刺。

　　让他自己感到意外的，是他没有想到任何人。不管怎么说，面临这样的情况，一个女儿会奔向她的母亲，一个男人会奔向他的妻子，一个自欺欺人的人会投奔命运之神。而他没有任何去处，除了走进这个由塑料桌、侍者和啤酒构成的老式咖啡馆。他靠在吧台上，霎时感到一阵久违的舒适感，每当他像这样，靠在木头或者大理石上，他都会觉得很舒服。咖啡馆里人很少，这仿佛是特意赐给他的礼物。他一招手，侍者便三步并作两步到了他面前。他先是点了潘诺茴香酒。其实，他也不知道自己为什么会点潘诺茴香酒：他一直都是讨厌茴香味道的。之后，他才意识到，这味道令他想起海滩，想起女人的身体、贝壳、海藻、普罗旺斯鱼汤和漂亮的自由泳，这个味道已经变成了一种生活的味道。他其实也可以点一份卡尔瓦多斯苹果酒，那是跑马场和舞台的味道，是暴雨将至时，长长的林荫道被大风包裹。他还可以点一份巴旦杏仁糖浆：那是母亲的发香和奶香，是小时候，在"他们"的房间里，木头潮湿的味道。他也可以在吧台上，在自己的杯中斟上"香奈儿五号"（这是安娜的味道），"罗莎女人"（这是黑蒂），"绿风"（这是……谁的香水？她的名字叫什么？）然后，是他自己眼泪的味道，被"娇兰"的香水熏出来的，而用它的那个女人他再也没见到过，她叫……伊内斯？这些，就是巴黎的街道、香水和热气所带来的奇异的力量。难以置信，在咖啡馆里的所有人，似乎既是他认识已久的朋友，又是陌生人。他对自己没有什么可后悔的。这辈子，他拖着散漫的步子，忠于自己的内心，从一个目标走向另一个目标，从一张床走向另一张床，从一段激情走向另一段激情。总是碰壁，到处受伤，时常玩世不恭，但更多的是义无反顾，像一只老海鸥，围绕着永远的船帆，孜孜不倦地拍打翅膀，从未厌倦追逐。

他的确是个不折不扣的傻瓜，一个随时准备出发的疯子，于是，他没有什么可自责的。那近在咫尺的死亡，也似乎不再是什么丢脸的事。只是，他需要加速它，了结它，不要让自己最终陷入无奈的局面：萎靡不振、头发脱光、颤颤巍巍地等待着注射。他不要这样。他会试着自我了断，但他还不确定自己到时是否有勇气那样做。想到这里，他又变回了那个骄傲、迷人、风雅的马克，温柔的马克，举起手中的杯子，对调酒师做了个夸张的手势，样子有点滑稽。

"朋友。"他声如洪钟，所有的交谈戛然而止。屋子里八至十名顾客，包括一对情侣侍者，都愣在原地，看着他。"我的朋友，今天我请客。您看，我在圣克卢赢了赛马，刚刚得到消息。"

众人待了片刻，很快雀跃起来，所有人，总之，这十个人——他最后的见证人——都转向他，欢快地为他鼓掌。他敬大家酒，祝每个人的身体健康——包括他自己的——然后一丝不苟地结了账，坐上自己的汽车，车子就停在诊所门口十米处。

由于他的身体状况还不赖，他用力并且体贴地驾驶着他的车，撞向了一棵梧桐树，仿佛是意外一样，就在芒特拉若利附近，据说当场毙命。

七点注射

"抓紧栏杆!"

塞西丽·B，女演员，漂亮、丰满、脾气倔强。

"我受不了，"她叫起来，她那一把女低音曾为她在百老汇、在伦敦都赢得盛誉，"我受不了，狄克，说真的，我不认为博迪莉娅这个人物应该是这样的……"

狄克一个人坐在剧场的第一排，他的肩膀轻微颤了一下。

"我说过了，"灯火通明的舞台上传来她尖刻的声音，"在我看来，这个女人甚至连荡妇都不如。"

令她没有想到的是，狄克·莱顿，这位最优秀的剧作家——至少目前是被这么认为——竟然开始辩驳。

"可是，"他斟酌着句子，"亲爱的，亲爱的塞西丽，我可从来没有影射……"

她当即用力地把手一挥，打断了他的话——她习

惯使用这样的手势，在许多时候，这些手势确保了
她的成功。

"您让他听到了。"她叫道。

狄克微笑着转头去看他的老同学雷吉诺德。离开
牛津以后，他们就一直没有见过面。现在的他看上
去迟钝了不少。

这位老兄就坐在三排之外的位置，黑暗中，他的
脸若隐若现，就像未来的观众在看戏时的样子。但
是，塞西丽·B 小姐这样口无遮拦地发表异议，令他
的脸上不免露出一丝尴尬的神情。

"你怎么想?"狄克悄悄问他。

雷吉诺德冲他哈哈大笑起来，肆无忌惮的笑声
很明显是在告诉他："这个妞! 轰走她! 要么就摆平
她! 靠，狗娘养的，等着瞧吧!"

对于狄克来说，这实在是件滑稽的事儿。他一直
以来都是跟所谓的专业人士合作。而这次完全是突
然地，和这个老同学偶然重逢。这个人对什么都不
了解，但什么都爱玩一玩，最神奇的是，最后还什
么都没弄懂。总而言之，这个雷吉诺德，尽管离开
牛津这么多年了，他那点威信还是仅仅来自习惯和

他的大嗓门。

"我说，"塞西丽说，"亲爱的狄克，您决定怎么办？"

"我？我受够了。"狄克回答，"我的剧本里根本就没有荡妇……当然，也不会让专横的女演员存在……"

剧场顿时又陷入寂静。他看到导演和制片逆着光——确切的说，是逆着灯光——站了起来；他看到舞台上映出令人恐怖的影子。然后，他清清楚楚地听到，在他身后，他的老同学雷吉诺德，那个疯子，开始大力拍掌。他在用双手制造声响，这家伙！那声响热情洋溢，正是他十年来梦寐以求的声响，真诚的、没来由的声响，不合时宜的声响。

他陡然意识到，自己也是那么不合时宜，尴尬地夹在蠢货塞西丽和蠢货阿诺德（他们的导演）之间。他焦头烂额地周旋在两者之间，无奈地向其中一个解释他的剧本说的是什么，再向另一个解释要怎么把它演绎出来。而他自己，在夜色里心灰意冷地走出剧院，跟老朋友们吃夜宵，排遣胸中的烦闷。他彻夜问自己，他为什么活着，他靠什么，活着。

雷吉诺德纵声大笑，这个傻瓜，这个哥们儿，把他从一个纷乱阴郁却镶着金边的梦，一个奢华却没有灵魂的梦里唤醒。他曾经相信，真的相信，光与影的跳跃，道具与手势的配合，行动与想象的共舞，终究能表达他想说的东西。他曾经相信幕布的升起和落下，相信批评与赞扬——他甚至相信自己拥有朋友也拥有敌人。他曾经相信所有人都可以被简单地分为两边：坏蛋在右，朋友在左。他也曾经相信地球和宇宙都绕着他转。然而此时，当他掉进塞西丽的冷酷倨傲和雷吉诺德的轻快爽朗之间，他进退无路，他被自己搅得心神不宁，他无法定义：什么是实质。品位、智慧、绝对或是爱情的实质，他没有办法完全地专注于这两张面孔中的任何一个，尽管他们都离他那么近，一个太刺眼，一个太昏暗。

"这是戏剧。"他有气无力地在心里说道。他太累了，也太成功了，所以，到这样一个份上，心里的自言自语，也都是有气无力的了。

他抬起手做了个命令的姿势——至少他希望看上去是这样的——同时还吹了一声口哨。他看到所有的灯光重新亮了起来，剧院也变成了红色、金色和黑色交相辉映的剧院。塞西丽停下了她的长篇大论，狄克毕恭毕敬地把雷吉诺德领到舞台边，并带他登上了台阶。雷吉诺德的皮肤晒得金棕，样貌英俊，不修边幅。狄克发现当自己在为他两介绍对方时，塞西丽一下子就留意上他了。作品、人物、细细簇簇的舞台，还有七零八碎的想法、幕布和道具、叹息乃至眼泪，都令狄克微微产生一股想吐的感觉，他步履凌乱地往后台走去，身后不远，导演似乎也跟了上来。他已经可以想象得出，他要对他的剧本作出怎样乏味、无聊、弗洛伊德心理分析式的阐释。总之，就是与剧本的本来面目，与他希望在最后一次彩排中看到的样子完全相反。还好，他随身带了针管，以备不时之需。他钻进洗手间，缚起手臂，给自己注射海洛因，在固定的时间点上。

三分钟后，他出来了，步履轻快。同时，他无比开心地发现，他那些可爱的演员们和他最要好的牛津同窗正煞有介事地在后台讨论着。真是完美的画面，最理想的结局。的确，没有必要去强求一匹久经沙场的老马，比如塞西丽·B；同样，也没必要强求一只迷途的小狗，比如他。

意大利的天空

　　暮色落下。天空仿佛在迈尔斯的眼皮之间渐渐消失。唯有远处山头上的一线白光，残存在黑色的山峦和他的眼睫毛之间。

　　迈尔斯叹一口气，把手伸向桌子，抓过一瓶白兰地。这是上好的法国白兰地，金黄的色泽，入口温暖。其他酒水会让迈尔斯觉得冷，他不能喝。只剩下这个……但这已经是他的第四杯还是第五杯，他的太太开始抗议了。

　　"迈尔斯！我求您。您已经醉啦！连球拍都拿不稳了。我们邀西梅斯特夫妇来打一局，难道要让他们俩自己玩吗？您真的已经喝多了！"

　　迈尔斯不肯放下酒瓶，但闭上了眼，突然觉得很疲倦。疲倦得像要死去一般。

　　"我亲爱的玛格丽特，"他开口道，"您不介意的话……"

但他打住了。十年来，她从来都介意。除了打网球、说"哈罗"、大力拍打别人的后背以及在俱乐部里读报纸。他累了。

"西梅斯特夫妇来了，"玛格丽特说，"打起精神来，拜托了。在我们这儿……"

迈尔斯用手撑起身子，看着西梅斯特夫妇。男的高大、瘦削，皮肤红棕，神情倨傲；女的身材结实，在迈尔斯看来，肌肉有点吓人。玛格丽特，她也是这类人：户外型，笑起来嘴巴占据半张脸，爱取笑男人和老朋友。他忽然感到一阵沮丧，重新陷进自己的藤椅里。在苏格兰的这个角落，只有远山温柔的线条、白兰地的温度，和他本人，迈尔斯，还有那么一点点人情味。其他的都——他努力寻找一个不骂人的词——其他的都"井井有条"。他很满意自己的用词，向他的妻子瞥了一眼。然后，也不管她介不介意，就开始说起来：

"当年我在法国和意大利乡下的时候……"

他的嗓音嘶哑。他能猜到西梅斯特看他的目光，猜到他肯定在想："可怜的老迈尔斯，他不行了，他最好换上 polo 衫，放下那难闻的烧酒。"他怒火中烧，更大声地说下去：

"在法国南部和意大利，女人们不打网球。在马赛的某些区，女人们站在门槛边上，看人经过。有人上前搭讪，要是他会错了意，她们就会说：'去你的。'"

他用滑稽的腔调学那句"去你的"。

"如果没弄错，她们会说：'来吧。'"

但他学那句"来吧"的时候，声音低沉，一点也不嬉皮笑脸。西梅斯特犹豫着想叫他住口，可还是忍住了。两个女人都有点脸红。

"她们不运动，"迈尔斯接着说，好像是在说给自己听，"她们就像九月的杏子一样丰满、柔软。她们没有什么俱乐部，但是有很多男人，或者一个男人。她们用大把的时间在太阳底下聊天，皮肤有阳光的味道，声音都是嘶哑的。她们从来不说'哈罗'。"

他伤感地补充道：

"的确，它是这儿的用词。那些我所知道的南部女人，不管她们是什么人，我喜欢她们远超过这儿的臭娘儿们，还有她们的高尔夫俱乐部和她们的解放。"

他给自己倒了满满一大杯白兰地。周围是目瞪口呆的沉默。西梅斯特搜肠刮肚地想找出一句俏皮话说。玛格丽特死死盯住她的丈夫，一副受到侮辱的神色。他抬起眼来：

"完全没有冒犯的意思，玛格丽特，一九四四年我还不认识您。"

"您没有必要跟我们说您当兵时的姑娘，迈尔斯。希望朋友们不会介意……"

但迈尔斯没有在听她说话。他站起来，手里握着酒瓶，径直走向公园深处。远离网球、人声和面孔。他的双脚有点飘忽，但很舒服。更舒服的是，当他整个人躺到地上，大地就变成了一个在他身体下面旋转的陀螺。一个无比巨大的带着干草香气的陀螺。大地上到处都是这样甜美的香气。迈尔斯眯上眼，深呼吸。他似乎闻到了尘封已久的遥远气息，那是城市的气息，海滨城市的气息，那是海港的味道。

那是哪里？那不勒斯还是马赛？迈尔斯曾和美国人去过这两个地方的乡间。他们乘一辆吉普，一个黑人把车飙得飞快。有一次，吉普车整个儿飞起来，翻了。随着一阵破铜烂铁的声响，头晕目眩的迈尔斯发现自己已经躺在田里，在麦子之间，轻轻地尝试呼吸，确认自己还活着。他没法动弹，只是闻到一股令他既感到恶心，又莫名兴奋的味道：血的气味。麦子在他的头顶摇曳，背景是意大利的天空，蓝得几乎透明。他挪动自己的手，把它放在眼睛上面，遮挡阳光。他感觉到手掌下的眼皮，感觉到睫毛上的掌心，这相互的接触，让他突然间感觉到自己的存在，他，迈尔斯，他活着。就在这时，他又昏厥过去了。

他不能动弹。人们把他送到一座农庄，他对它的第一眼印象是脏。他的腿剧痛，他怕自己从此不能走路，不能打网球，打高尔夫球。他声嘶力竭地对军医重复："行行好，我是高尔夫俱乐部的第一名！"迈尔斯那年二十二岁。他被安置在阁楼里，打上石膏，然后就被遗忘了。只有一扇天窗，朝向麦田，朝向宁静的原野，朝向天空。迈尔斯害怕了。

照顾他的意大利女人们都不懂他的语言。一个星期之后，迈尔斯注意到那个年轻的意大利女子，她有着一双乌黑的眼睛，特别黑亮的眸子，还有金棕色的皮肤，有一点壮。她应该有三十岁，也许更年轻些,她的丈夫正跟美国人打仗。"他是被抓去参军的。"老母亲说着,一边掉眼泪,一边揪头发、扯手帕。迈尔斯觉得尴尬,他知道事实不是这样。但为了让她开心,他对老妇说,这没什么大不了的,她的儿子很快就能重获自由,而且没人会知道之前发生了什么。年轻女人微笑着,没有说话。她的牙齿很白。她不像他认识的其他年轻姑娘那样,会兴高采烈地跟他聊天。她很少跟他说话,然而,某种感觉,在他和她之间萌生了,令他心乱,令他不安。这才是不可以的。那些缄默的时刻,那些似有若无的笑意,那些欲说还休的眼神。但是,对她,他没有否认。

一天,那是他在那儿落脚的第十天,她坐在他的身旁,织着毛衣。她时不时问他需不需要喝水,因为天实在太热了。但他总是谢绝。他的腿痛得厉害,他不知道自己到底还能不能再打网球,和他的格拉蒂丝,还有其他人。他相当有耐心地借出自己的手臂,替这个年轻女子支着线卷,她垂着双眼,飞快地绕线团。她的睫毛特别长。迈尔斯很快地看了一眼,马上又陷入了他的忧思里:他,这样一个残废了的人，能在俱乐部里做什么呢？

"谢谢！"她用意大利语恳求道。

原来是因为他垂下了手臂。他赶忙又举起来，含糊地说抱歉，她看着他笑了。迈尔斯也冲她微笑，然后移开目光。格拉蒂丝会说他的……但他没办法再去想格拉蒂丝。他看着线卷渐渐在他的手腕之间减少，他模模糊糊地想，等她绕完了线，她就不会再像现在这样，穿着这身颜色鲜艳的罩衫，整个人倾向他。有意无意地，他放慢了动作，把手腕向错的方向倾斜。最后，他把线的末端紧紧捏在手里，不肯松手。他模糊地想："一个小玩笑，一个小玩笑。"

她把毛线绕到头，却发现被迈尔斯扯住了，不由抬起了眼。迈尔斯感觉到她闪烁的目光，于是傻傻地挤出了一个笑容。她轻轻地抽出毛线，动作很轻很轻，生怕扯断了它。他们越挨越近，迈尔斯闭上了眼。她像对待一个小孩子那样，亲吻了他的嘴唇，一边慢慢地从他的手指间取下毛线。迈尔斯顺从着她，被一种无与伦比的幸福感和甜蜜感所填满。他重新睁开眼睛，耀眼的阳光又令他连忙闭上眼，瞳孔中只留下红色罩衫的影子。年轻女子用手托着他的头，像意大利人喝酒时，托着西昂蒂葡萄酒长颈大肚瓶身上的草编瓶套。

迈尔斯独自待在阁楼里。这是第一次，他感到快乐，感到与这个阳光过于充沛的国度如此贴近。他侧身躺着，望着田野里的麦子和橄榄树，感觉着年轻女子湿润的嘴唇留在自己唇上的触感，他觉得自己仿佛在这片土地上生活了好几个世纪。

现在，年轻女子整天都陪着他。老太太不再上楼来。迈尔斯的腿好了许多，他开始会吃味道特别重的羊奶奶酪，卢吉娅还在他的床上方挂了一大瓶西昂蒂葡萄酒，他只需倾斜酒瓶，深红浓烈的葡萄酒就会落入喉中。阳光溢满阁楼。一个个午后，他亲吻卢吉娅，把头贴在她胸前火红的罩衫上，什么都不想，不想格拉蒂丝，不想俱乐部的朋友们。

一天，军医乘着吉普车回来了，也带来了军令。他检查了他的腿，拆了石膏，让他走几步。他说迈尔斯明天就可以走了，他会派人来接他，还让他别忘了感谢这户意大利人家。

迈尔斯独自一个人在阁楼上待着。他想，自己本该为康复感到雀跃的，因为他现在又能够打网球、打高尔夫球，能够跟随奥利维尔先生去狩猎，能够与格拉蒂丝或者别的女人一起跳英式华尔兹，他又可以用自己的双脚走遍伦敦和格拉斯哥了。然而，洒落田野的阳光，头顶上空了的西昂蒂酒大肚瓶，这一切都带给他无可名状的怅然。不管怎么说，他终于可以上路了！再说，卢吉娅的丈夫也快回来了。而且他没有对这个女人做什么坏事，除了一些吻……他突然想，今夜，既然他已经痊愈，而且没有了石膏的束缚，他也许可以做点别的，不止限于卢吉娅唇齿间的甜蜜。

她回到阁楼上。她看到他颤巍巍地站直了身子，不由笑出声来。但很快，她的笑容黯淡下去，像个孩子一样，焦虑地望着他。迈尔斯迟疑了一下，终于重重地点了点头：

"我明天就走，卢吉娅。"他说。

他慢慢地，把这句话重复了两三遍，以便让她明白。他看到她移开了视线，他感到自己简直是愚蠢粗鲁得要命。卢吉娅重新望向他，然后，一言不发地，脱去了她的红布罩衫。她光滑的肩膀滑过阳光，滑进迈尔斯幽暗的床。

第二天，当他要出发的时候，她哭了起来。坐在吉普车里，迈尔斯望着这个哭泣的年轻女人，和她身后，他曾在病床上长久凝望的田野和树木。迈尔斯说着"拜拜，拜拜"，心里已经开始怀念老阁楼的气息，荒废在他床头吊绳上的那瓶西昂蒂的气息。迈尔斯绝望地望着这个皮肤金棕的年轻女人。他冲她大喊，说他永远不会忘记她，但她听不懂他的话。

之后，他去了那不勒斯，那不勒斯的女人中也有些名叫卢吉娅。然后他回到了法国南部。当他所有的同伴们都迫不及待地登上了返回伦敦的第一艘船，迈尔斯还在西班牙国境和意大利国境之间的艳阳下流连了一个月。他不敢回去看卢吉娅。如果她的丈夫在，他能够接受；但是，如果他不在，那么他，迈尔斯，还能否抗拒那洒满阳光的田野、古老的农庄和卢吉娅的吻？他，伊顿公学出身的他，会不会成为意大利田间的一介农夫？迈尔斯不停步地在地中海岸边走着，躺在沙滩上，喝着白兰地。

他回家后，这一切就都退了烧。格拉蒂丝嫁给了乔恩。迈尔斯打网球不如从前了。他必须努力工作接替他的父亲。玛格丽特是那么迷人、高贵、教养良好，总之，那么与众不同……

迈尔斯重新睁开眼睛，抓起酒瓶，直接就着瓶嘴喝了一大口。他的脸色一点一点地变红，但酒精使他变得憔悴。今天早晨，他看到一根细细的血管在他左眼下面爆裂。卢吉娅现在应该变得又老又胖了。阁楼荒废。西昂蒂也不复当年滋味。他除了日复一日地生活下去，别无选择。办公室、篮球、报纸上的政治新闻、办公室、汽车、玛格丽特的哈罗、还有星期天的郊游，不是和西梅斯特一家子就是和琼一家子，哦，还有时不时就孜孜不倦的雨水。还好，感谢老天，有白兰地。

酒瓶空了。迈尔斯扔下酒瓶，费力地站起身来。想到要回到众人跟前，他觉得尴尬。为什么要出来？真是不应该！这样太不体面。他突然想起，意大利人会隔着街对骂，用尽了最难听的词诅咒对方去死，但还是没有动手的勇气。他大声地笑了起来，又突然中止。为什么要在自己的草坪上，对着自己的房子大笑？

他回到他的藤椅上坐下来，冷冰冰地说了声："抱歉。"西蒙斯特窘迫地回应一句："没关系，老兄。"他们不再交谈下去。迈尔斯永远无法向任何人谈起意大利的天空、卢吉娅的吻以及在异国他乡的房子里卧病在床时的温情。战争已经结束十年了。说真的，他也不再英俊，不再年轻了。

他缓缓地向其他人走去。他们不留痕迹地把他纳入了交谈中，仿佛根本没注意到他刚才的缺席。迈尔斯跟西梅斯特聊车，说美洲豹在速度上无可比拟，实在是运动车型的最佳选择，说澳大利亚人大有希望赢得戴维斯杯。但是，他在心里默默地想着他的白兰地，金色、温暖的白兰地，睡在他的壁橱里的白兰地。他微笑着沉浸在充满阳光的甜蜜记忆里，而西梅斯特夫妇将和玛格丽特一起去看城里最后一场秀。他知道，当他做出要工作的样子，当他们消失在马路尽头，他就可以打开壁橱的门，在那里，重返意大利。

太阳照样落下

　　人群沸腾，然后又安静下来，在宗教般的静默中，胡安·阿尔瓦雷斯甩出第八次贝罗尼卡①。公牛跟跄了一会儿，迷惑于耀眼的阳光、人群的欢呼或静默。布莱顿女士坐在嘉宾席第一排，用她那碧蓝的眼睛盯着他们，打量了一会儿。"很勇猛，"她自言自语道，"勇猛，但是精疲力竭。胡安片刻就会结束。"说完，她转过头，对着美国驻巴塞罗那的领事，继续聊安迪·沃霍尔的话题。

　　现在到了刺杀阶段。胡安跳跃着向前移动，在阳光下的照耀下，热切而笃定，他跐起脚跟，迎着这头公牛一路小跑，时刻准备着，将其一剑戳死。强

———————

① 贝罗尼卡（veronica）：斗牛表演中的招式，即双手提红披风，甩向牛的面部，以激怒引逗公牛。贝罗尼卡原是耶稣受难时为其拂面的圣女之名，因其动作的相似性而命名。

健、迅猛、男子气概十足。她不无嘲弄地想,这不正像他冲向床榻,冲向她时的姿势么。"雄性动物"。突然地,她想起了酒店里那张华盖顶的大床,她习惯了在马德里的豪华大酒店里落脚,一如海明威小说的女主角。她回想起胡安身着金色的战袍,小步跳跃着,直奔她的床榻,她在那里等他,正像此刻的这只黑色公牛一样,全无防备,听凭处置。她忍不住想笑。男人们对于男性魅力的看法实在好笑。胡安搞定这只公牛所需要的时间,应该就跟他在床上对她所用的时间差不多吧。斗牛场内的观众为他鼓掌欢呼,为他,这很好,但他们同时也为她鼓掌,这就是另外一回事了——不可言传——他们甚至还为她的邻座,那个领事鼓掌,他看起来对男女关系颇为灵通。"干得好!"领事面无表情地喊了一声。与此同时,"喔嘞——"的欢呼声响彻晴空,人们挥舞的帽子汇成一片海洋。公牛应声倒地,铁一般的重量,倒在胡安的脚下。胡安无比优雅地绕场半周后,转身走向她,脱帽致意。全场的观众起立,向这个年轻人致以敬意,致敬他情愿并且已然为年轻美丽的女人,也就是她,呈上性命。于是她也微微起身,微笑着，向整个群情激昂的斗牛场，向这位杀死公牛的凯旋的情人，微笑着鞠了一躬，就如在弗吉尼亚的童年时代，别人教会她的那样。

场地清理完毕，号角就再度吹响，又一团黑灰的煤球在牛栏门内蠢蠢欲动，人群又陷入了疯狂。门被打开了，在交杂着鼓舞、恐惧和欢快的奏乐声中，公牛猛地蹦了出来。它看上去很危险，前来迎战它的年轻小伙子似乎也这么认为。他迂回着向它靠近，斗篷不离手臂，动作缓慢。观众们看了一阵，开始嗡嗡低语起来，似乎看穿了这个金发男孩的胆怯和自欺欺人的勇敢。他是巴塞罗那的新斗牛士，名字叫罗德里格斯·塞拉。

"他叫罗德里格斯·塞拉。"领事向布莱顿女士指点道（仿佛她是个新来的外行人）。然而，她的目光早已追随着这个男孩金色的头发、因害怕而缩起的肩膀和紧绷的臀部。这是他第一次在这么多人面前，在全场观众狂热的期待下，迎战公牛。罗德里格斯·塞拉在稍远的地方跺脚，公牛压根儿就没有睬他，观众席某个角落发出一阵轻轻的笑声。他向公牛踏出三步、四步、五步，然后再重来一遍。但也许是运气不好，也许是声音不够大，或者因为风，又或者因为血，总之公牛就是不肯动弹，继续用屁股对着他。这时候，全场的观众都笑起来，开始放松了注意力。两个斗牛士助手也冲上了场。但这头公牛硬生生像块石头，两只眼睛牢牢盯住他刚才出来的门栏，似乎铆足了一股迫切的劲儿要一头塞回去。"来吧！"金发男孩大喊一声，公牛转向了他，打量着他，然后慢条斯理地，向它刚刚出来的那个木门走去。

眼前的事实是：它从从容容地往回走着，也许是在幻想着山岗、小牛犊、绿油油的青草、橡树、栗子和蓝天。很明显，它幻想着一切唯独没有去想这个年轻的金发小伙子，这个在接下来的十分钟里，要挑衅它的性命，或者他自己性命的人。小伙子向它靠近几步，看上去很尴尬，不知道该干什么。观众们惊愕于他的斗志低迷，瞬间恼怒了，开始吹起了口哨，仿佛这个年轻人早就该操起箭筒噼里啪啦扎向这只安静地等待他的野兽，仿佛这个年轻人早就该将这只巨大的黑公牛骑在胯下，总之，这些观众们感觉自己被剥夺了不冒丝毫风险欣赏野蛮、血腥和疯狂的权利，他们为此买了那么贵的门票。布莱顿女士不由自主地从邻座那里借来双筒望远镜。此刻，她一动不动，出奇关切地注视着这个看起来是个草包（在领事眼里）的金发斗牛士的身影。公牛第三次转过头，对着这个可能是它对手的人，然后（出于礼貌一般）俯身前冲了一小步，用牛角朝他拱了拱，这金发男孩子轻巧地闪开一步，避开了扑面而来的八百公斤重量。他隔着十米远挥舞他的红绒布旗，公牛纹丝不动；隔着五米，公牛还是纹丝不动。全场的观众顿时鸦雀无声，目瞪口呆，不是为男孩的毫无胆量，而是为公牛的心不在焉——这种情况还真是第一次发生。人们惊诧于两者之间达成的默契，人与兽，同样的心不在焉，同样的无所谓，同样缺乏杀死对方的欲望。骑马斗牛士只好介入了，还有投枪斗牛士及助手们也上了场。但没有人能够打破金发小伙子和黑色大公牛之间静默却不容置疑的磁场。他们之间有几次戳刺（毫无攻击性），遭来嘘声一片。也有几段沉寂，观众的嘘声就更大了。然后，当观众们疯狂地朝场内投掷坐垫、番茄、花束和酒瓶子的时候，年轻人请求公牛的饶恕，宣告放弃他的斗牛士身份，他双手垂地，帽子放在跟前，牢牢注视着布莱顿女士蓝色的眼睛。

"我从没见过这种事，"大赛主席对领事说，"这辈子，这辈子都没见过这样的事！这孩子简直不是个男人！……"

他站起身来，脸上一阵红一阵白，然后兴高采烈地当着外国人的面，辱骂起缺乏血性的同胞来。就在这时，布莱顿女士向他侧过身，探过领事的肩头，带着她那无懈可击的微笑，对他说：

"我也是，我从未在哪张床上见识过哪个男人，能像这位罗德里格斯一样。我早就禁止他——您明白的——伤害这些动物……"她抬抬下巴，指向那头黑色的公牛。它，正兴高采烈地，返回它的牧场去；而那年轻的金发小伙子，他，也正兴高采烈地，返回她的床上去。

孤独的池塘

普鲁登斯①——这是她的名字，可惜，这名字实在与她不相称——普鲁登斯·戴尔沃在特拉普镇附近的一条林间小路上停了车，心不在焉地，在十一月冰冷潮湿的风中漫无目的地走。此时是傍晚五点，暮色降临。这是个伤感的时间，尤其在这样伤感的月份和伤感的景色里。但她还是轻轻地吹起口哨，时不时弯下腰捡起一颗栗子或一枚红叶，她喜欢那样的颜色；她自嘲地问自己，她究竟在这里干什么？是为什么，和她可爱的情人在可爱的朋友们家里过完一个可爱的周末之后，她会突如其来地感到自己需要停下来，迫不及待地停下她的菲亚特，走出来，走入有着缤纷落叶、令人忧伤的秋天里，无法抑制地，渴望独自一个人，走走路。

---

① Prudence，本意：谨慎、小心。

她穿着一件优雅的罗登呢大衣，大衣正是落叶的色调，颈上围一条真丝方巾，她今年三十岁。脚上一双大方得体的长靴，让走路都变成一种享受。一只乌鸦划过长空，发出嘶哑的叫声，很快，一整群的乌鸦跟上它，弥漫了整个天际。很奇怪地，这叫声，虽然很熟悉，但骤然飞起的乌鸦令她心跳加速，一股莫名的恐惧袭来。普鲁登斯不惧怕流浪汉，不惧怕寒冷，不惧怕刮风，亦不惧怕生活本身。她的朋友们甚至一叫她的名字就忍不住哈哈大笑。他们说，这个名字配上她本人，是个活生生的悖论。只是，她讨厌她不了解的东西，也许那才是唯一令她害怕的：不明白自己身上会发生什么。这时候，她突然不得不停下来，深吸一口气。

她仿佛置身勃鲁盖尔的风景画中。她喜欢勃鲁盖尔的画；她喜欢热腾腾等候着她的汽车，和车子里她将打开的音乐；她喜欢想象在今晚八点，和那个爱着她并且她也爱着的男人相聚，他的名字叫让·弗朗索瓦；她也喜欢想象他们共度良宵之后，她打着哈欠起床，一口喝下他或者她自己为"对方"煮好的咖啡；还有，想到明天回到自己的办公室里，跟马克谈广告的事情。马克是个出色的朋友，她跟他共事已超过五年。他们嬉笑着说，要让某个牌子的洗衣粉卖得好，最好的方式是证明这款洗衣粉能把衣服洗得更灰，因为人们更需要的是灰色而不是白色，是灰暗而不是耀眼，是喜新厌旧而不是经久耐用。

她喜欢这一切，事实上，她挺喜欢自己的生活：很多的朋友，很多的情人，一份有趣的工作，甚至一个自己的孩子，还有对音乐、书籍、鲜花和炉火的喜好。但是当那只乌鸦飞过天空，跟着铺天盖地的鸦群，那一刻，她的心也被某种东西划破了，她无法描摹它，也无法向任何人解释它，任何人，甚至（而这正是最严重的）包括她自己。

前方向右分出一条岔路。一块告示牌立着，表明前方是："荷兰池塘"。想到落日余晖下的一泓池水，芦苇依依，荆豆殷红，也许还有几只野鸭在游弋，她立刻被这想象中的场景引诱得加快了脚步。的确，池塘就在那里，几步就到了。池水灰蓝，虽然没有满池野鸭（甚至连一只野鸭的影子都没有），但水面铺满了落叶，它们彼此簇拥着，徐徐沉入池塘。所有的落叶旋转着坠落的姿态，仿佛在做最后的、无望的求助。每一片落叶都带着奥菲利娅式的神情。她发现了一段树干，也许是哪个粗心的伐木工人遗忘在这里的，于是她坐了上去。她越来越强烈地质问自己，究竟在这里干嘛。她肯定要迟到了，让·弗朗索瓦会担心的，让·弗朗索瓦会发火的，让·弗朗索瓦是有道理的。当你身在福中的时候，你可以做让你开心的事——同时你也让别人开心——但你不能流连在一个以前闻所未闻的池塘边，独自一个人，坐在废弃的树干上，吹着冷风。她可没有"神经病"。别人都这样称呼那些不幸的人（总之，说的就是那些活不下去的人）。

为了让自己安下心，她从大衣口袋里掏出了一支烟，同时很欣慰地在另一个口袋里摸到一只"克里凯"瑞典打火机，点了烟。烟雾温暖辛辣，香烟的味道令她觉得陌生。可是十年来，她抽的都是同一个牌子的烟。

"真的，"她自言自语道，"也许我只不过是需要一点孤独？也许我太久没有一个人待着了？也许这个池塘具有某种魔力？也许并不是偶然，而是命运把我带到这个岸边？也许有一连串的巫术包围着荷兰池塘……既然名字这么叫……"

她把手垫在屁股下，撑在树干上。手掌接触到木头的质地，凹凸不平的表面，却被磨损得光滑，也许，是因为雨水，也因为孤独。（还有什么能比一棵死去的、被砍断、被遗弃的树，一棵已经百无一用：不能生火，不能变成木板，也不能做成一把情人靠椅的树，更孤独、更悲哀呢？）手掌与木头的接触，在她的心中唤起一股柔情，令她自己都吓一跳的是，泪水竟然涌上她的眼眶。她仔细地观察木头的纹理，尽管它的纹理已经很难辨认：灰，近乎白色，因为这段木头也已经变灰、变白。（"真像，"她自言自语道，"像老年人的血管：你看不到血液在其中流动，你知道它在里面流动，但你听不到它，也看不到它。"）这棵树也是一样：它的树液已经不在了；树液，是它的元气，是活力，是激情，是"做"的欲望：做蠢事、做爱、做工作……是去行动，是无论做点什么……

所有这些念头像过山车一样闪过脑海，这时候，她已经弄不清楚自己是谁。她忽然想好好看一看她自己，而之前的她，被生活填得满满的她，从未审视过自己，也从未试图审视自己。她突然看到这样一个女人，穿着罗登呢大衣，在一潭死水的池塘边，坐在一段枯木上，抽着烟。身体内有一个她，百分百想要立刻逃离这个地方，回到她的汽车上，打开车里的音乐，立即上路，她有千百种办法逃避死神，一个灵活的驾车人自会有千百种招数避免事故，那个她，急切地想要回到让·弗朗索瓦的怀里，回到巴黎的咖啡馆里，回到诗人阿波利奈尔所挚爱的"杜松子酒、茨冈人、虹吸管与电灯光"当中去。但身体里有另外一个她，一个她所不认识的人——或者说，是在此之前她从来不曾去了解的人——那个她，想要看着夜幕降临，看着池塘隐没在黑暗中，感受手掌下的木头变得冰冷。也许，为什么不呢……然后，她想要走向这潭水，先是冷，然后隐没、消失在水中，直到池塘的最深处，那里是金色和蓝色的沙地，铺满了白天从水面陷落的枯叶。在那个地方，躺在枯叶上，周围环绕着温柔的鱼群，那个她终于彻彻底底地松弛下来，回到摇篮，回到真正的生活，也就是：死亡。

"我疯了。"她想。而一个声音在她耳畔低语道："我向你保证，这才是真相，这才是真实的你。"这个声音，似乎是来自童年的声音。而另一个声音，成熟的声音，穿过三十年的幸福人生，那个声音在对她说："我的小姑娘，你必须回去，吃些维生素 B 和维生素 C。你身上有些东西不太对头。"

当然，第二个声音占了上风。普鲁登斯·戴尔沃站起身，放弃了枯木、池塘、落叶和生活。她返回巴黎，返回她的长沙发上，返回酒吧，返回人们所谓的存在。她回到那个名叫让·弗朗索瓦的情人身边。

她打开车里的音乐，格外小心地开着车，她甚至为刚才那半个小时的犯痴而微笑起来。但她花了两个月的时间去忘记荷兰池塘。足足两个月。总之，她自始至终没有对让·弗朗索瓦提起过它。

译后记

很多人对于萨冈本人的兴趣，远远多于对其作品的兴趣。这对一位作家，尤其是一位女性作家而言，不知道是幸还是不幸。作为在一九五四年的法国凭借处女作《你好，忧愁》一举成名的文学才女，她给世人留下的印象，似乎更多是她游戏人间的疯狂事迹。但事实上，她对于写作的态度，比人们想象中认真。从一九五四年到一九九八年间，她几乎每年有作品出版，其中大多数为长篇小说，若干戏剧创作集中在六十年代，而集结成册的短篇小说有两部，其中《孤独的池塘》（原名《丝绸般的眼睛》，编者征得法国文库出版社同意改为现名）初版于一九七五年，也就是萨冈年近不惑之际。

《孤独的池塘》的书名出自本书收入的最后一篇小说，整部短篇小说集共有十九个故事，题材一如既往地来自她所熟悉的中产阶级生活：泡吧、跳舞、赛马、飙车、钓鱼、狩猎、赌博、斗牛、戏剧……它们作为小说题材的落脚点，同时也正是萨冈在现实中的流连之所。许多人喜欢读萨冈，往往是喜欢她所代表的某种生活方式。不过，物质生活只是她的小说背景，萨冈笔下永远的主题，仍然是现代人的情感状况：在物质生活的五光十色之下，永远都有着无法释怀的淡淡忧愁。也许正是因此，我们才对这个萨冈，一读再读。

这一次，让我们来寻找短篇小说中的萨冈。

短篇小说看似简短、迅捷，但它的创作乃至阅读，却并不如想象中那么容易。长篇小说如同建造一座宫殿，需要建筑师有宏大的构架，有曲折的探幽，有精细的雕琢，而读者也在长时间的漫步当中，沉浸于这座建筑的呼吸，从而与之共鸣；短篇小说则不同，阅读一本短篇小说集，犹如去看对面大厦偶然亮起又骤然熄灭的一扇扇窗，我们看到一个个生活的横截面，我们从窗中人的对话、行为、冲突或气氛当中，短暂地去感知他们某一段的人生处境。对于作家而言，要赋予其生命，并在曲终人散后留有悠长余音，有时是比创作长篇小说更难实现的事，因为它考验创作者的灵感、敏锐、控制力。法国女作家伊莱娜·内米洛夫斯基在评论契诃夫时曾打过这样的比方："短篇小说好比是一座陌生的房屋前一扇半开半掩的门，刹那之间，旋即关闭。"这是短篇小说的限制和难度，也是它的魅力所在。

萨冈在自传《我最美好的回忆》中曾提到她对短篇小说的看法。在她的理解里，短篇小说是"公理"，是"从人们即刻陈述的文字出发，这些文字引发一个情节，这个情节同样迅速地展开，并达到一个在最初的对话中就已经被预见的不可避免的结局"。萨冈的短篇小说基本遵循了这样的定律，一个主人公、一个事件，在结尾时敲开矛盾坚果的外壳，然后戛然而止。在《陌生人》当中，女主人公蜜莉森在进家门前习惯性地预先按喇叭通知自己的丈夫，就已经为即将展开的矛盾冲突埋下伏笔，整个故事的背景停留在一片狼藉的别墅，在蜜莉森与女伴的对话和心理描写中，读者观看到一个剥茧抽丝的过程，同时紧张期待着预想中的那个矛盾内核的揭示。在《丝绸般的眼睛》中，作者铺设了一明一暗的两条线索，明线是一个男人为狩猎羚羊长途跋涉的一天，而真正扣人心弦的，则是他与妻子、第三者之间情感危机的暗流汹涌。《左眼皮》则像心电图一样全程拍摄女人心：游戏红尘的女主人公搭乘火车前往里昂，本是要去向情人提出分手，却因为被困在车厢洗手间里的一个小时，而下决心下嫁给她那老实平庸的里昂情人。我们发现，在这本短篇小说集当中，萨冈所描写的，都是生活中某个"断裂的时刻"：面临死亡的时刻、发现秘密的时刻、分手的时刻、改变决定的时刻、忽然疲倦的时刻，总之，是原本波澜不惊的生活，忽然失去了平衡的那些时刻。

其实，萨冈小说中的人物也一直都是这样的一类人：在波澜不惊的外表下，有无可修复的断裂。如果说，萨冈小说中的人物都具有某种标志性的"情绪"，那么这种情绪，借用她成名作中那个著名的词来说，就是"忧愁"。"萨冈式忧愁"来自哪里呢？

一、孤独。萨冈的主人公无一例外，最大的共同特质便是——孤独。他们的孤独，不是逃避尘世、不是形单影只，也不是流离失所。与此相反，他们往往是现实世界他人眼中的"宠儿": 他 / 她们大多拥有出众的外貌, 良好的教养, 从来不用为生计发愁, 永远潇洒地在玩乐人生, 周围环绕着或真心或假意的男男女女。但就是这样的热闹, 也不能化解他 / 她们内心的荒芜感。就像在《孤独的池塘》里, 在现实中一帆风顺、开朗愉快的"她", 会在黄昏的湖边呆坐, 幻想自己沉入湖底, 但最终若无其事地返回往常的生活; 在《树绅》中, 即将步入婚姻生活的"他"回忆起生命中唯一一次疯狂的爱, 却封存记忆与激情, 继续循规蹈矩的人生。

二、清醒。真正令人痛苦的, 不是孤独, 而是清醒。萨冈的主人公无不清醒地意识到自己的孤独处境, 意识到人生无聊的本质, 意识到自己最终会走向什么, 但他们或是像萨冈一样, 打定了主意纵情享乐, 挥霍青春, 或者在按部就班的生活中考验自己忍耐的极限, 直到把自己变得麻木, 或是崩溃。总之, 他们知道自己跟其他人不一样。清醒是他们痛苦的来源。因为清醒, 他们很容易厌倦, 对人生, 也对自己。其中最为典型的, 是《意大利的天空》里的迈尔斯, 在苏格兰一成不变的生活中, 通过白兰地金黄的色泽和温暖的触感，怀念意大利的艳阳、麦浪、美酒和农妇，怀念一种他永远也无法重返的生活。

三、轻盈。萨冈不喜欢追问。她并不为她的人物寻求解决方式。相反，她总是会以一种淡漠、调侃的方式，一种化重为轻的方式，结束一场冲突，消解矛盾。或者说，矛盾从未消解，只是搁置、漠视和忘却。像秋风掠过心的罅隙，只有当事人自己知道。萨冈的笔触也是如此，始终轻盈、不动神色，有调皮的轻笑。在《一夜》中，女孩和男孩的对话，也许正好代表了萨冈的姿态：

　　"你知道，马克，他也不过是个过客。别太夸张了。人生匆匆。"

　　"幸运的是，"西蒙说，"人生匆匆，我在这里，你在这里。我们共舞。"

　　"我们一辈子跳舞，"她说，"我们是那类人，跳舞的人。"

作为译者，翻译萨冈的短篇小说集，最初也是出于读者心情，喜欢短篇小说的轻盈。阅读短篇小说，就像自由自在地走在大街上，邂逅一个个偶然回首的陌生人，每一个转身，都不知道遇见的将是怎样的一张面容，于是总是可以有期待，有惊喜，或者一见如故，或者转身就忘了他/她的眉目，不拖泥带水，不动真情。但是，当我开始进入文字本身的时候，我不得不去担心，迎面走来的这个人（突然展开的这个故事），从何处来？将去往何处？他/她的眉眼还未清晰，就要消逝，他/她出现时的光和影，能否真真切切地映入读者的眼睛？原来，当我们需要去深究事物的纹理，并且对此担负责任的时候，凡事都不再那么轻快。一如生活中，永远有轻盈，有沉重，有满足，有遗憾。

陈剑